Das Schiff, das nie hätte gebaut werden dürfen

Anthologie

Hrsg. C. Erpenbeck

Machandel Verlag

Dieses Buch ist für alle,
die Märchen eine Zukunft geben
und der Zukunft eine Chance

Machandel Verlag
Charlotte Erpenbeck
Coverquellen: sdecoret/3000ad/Triff/ www.shutterstock.com
Illustrationen: Twisted Die Productions/d1sk/ Anna Nogare/
Andrew Derr/Kulikova Valeriya/Happy Dragon /Krasivo/
Catherine Glatzkova/Kulikova Valeriya/Nipatsara/
Kulikova Valeriya/Andrew Derr/
www.shutterstock.com
Druck: booksfactory.de
1. Auflage 2017
ISBN 978-3-95959-066-2

Das Geisterraumschiff

Detlef Schirrow

Das Geisterraumschiff

„Wo ist Kerwin?"

„Keine Ahnung", antwortete ich.

Ich befand mich in einem Beratungsraum der United Space Organisation, auch Weltraumbehörde oder einfach USO genannt. Die Decke war getäfelt, der Boden mit schalldämmender Teppichware ausgelegt und das Mobiliar bestand aus einem langen Tisch mit jeweils zehn Sesseln an jeder Seite. Auf der einen Seite saß ich mit der Tür im Rücken und dem Panoramafenster vor mir, auf der anderen Seite hatten zwei mir unbekannte Männer in dunklen Anzügen Platz genommen.

Einer der beiden, der von mir aus rechts sitzende, hatte die Frage gestellt. Der andere legte ihm kurz die Hand auf den Unterarm und wandte sich dann an mich: „Ich denke, wir sollten erst einmal den Charakter unserer Zusammenkunft klarstellen. Das ist nur ein Gespräch, kein Verhör, Adrian – ich darf Sie doch Adrian nennen?"

Er sah mich an, als erwarte er eine Antwort. Als ich nicht reagierte, fuhr er fort: „Es ist allerdings ein offizielles Gespräch. Wir wollen herausfinden, wer für die Zerstörung der FASTSAVE II verantwortlich ist und woher die GHOSTSHIP kam, auf der Sie und Kerwin Himarib überlebten. Sie sind sozusagen der Kronzeuge. Unser Gespräch wird zu den Akten genommen, deshalb stelle ich kurz für das Protokoll fest: Heute ist Freitag, der 12. September 2092. Wir befinden uns im Konferenzraum 82A der USO, mein Name ist Lars Schmidt, mir gegenüber sitzt Adrian Metach.

So weit alles klar, Adrian?"

Die beiden sahen sich zum Verwechseln ähnlich. Warum wurde mir der Dritte am Tisch nicht vorgestellt? Aber das dürfte egal sein, denn vermutlich war auch der Name Lars Schmidt nur eine Erfindung. Ich glaubte ohnehin nichts von dem, was sie mir erzählten.

Die Videokameras, die an den beiden kurzen Seiten des Raumes unter der Decke offen sichtbar montiert und in Betrieb waren, zeugten davon, dass noch weitere Neugierige dem sogenannten Gespräch folgten. Ich nickte.

„Ich weise Sie darauf hin, Adrian, dass Sie verpflichtet sind, uns die Wahrheit zu sagen", betonte Schmidt.

„Sicher", antwortete ich.

„Sagt Ihnen der Name Silvia Reuss etwas?"

„Worüber wollen Sie mit mir sprechen?"

„Adrian …?"

„Der Name sagt mir nichts. War es das?"

„Fangen wir ganz von vorn an, Adrian. Erzählen Sie uns, wie Sie Kerwin Himarib kennengelernt haben", sagte Schmidt. Den Nachnamen Kerwins musste er jedes Mal von seinen Notizen ablesen. Sein Co-Pilot schien nach seiner ersten Frage die Sprache verloren zu haben.

In diesem Moment betrat ein Klon der beiden Anzugträger den Raum, flüsterte Schmidt etwas ins Ohr und ging wieder. Schmidt und Co tuschelten miteinander.

„Wir müssen für ein paar Minuten den Raum verlassen", sagte Schmidt. „Sie können in der Zeit über Ihre Antwort nachdenken." Sekunden später waren sie verschwunden.

Die Frage nach Kerwin hätten sie sich sparen können, denn die Antwort kannten sie bereits. Ich ahnte, worauf sie hinaus wollten. Diese Informationen würden sie aber von mir nicht bekommen.

Kerwin hatte ich vor fast fünf Jahren an Bord der FASTSAVE II kennengelernt, kurz vor der Katastrophe. Die FASTSAVE II war ein Raumschiff, das Ersatzteile, Verpflegungs-Komponenten und Austauschbesatzungen von der Erde zu den Außenstationen auf dem Erdmond, dem Mars, den Jupitermonden Europa und Ganymed sowie dem Saturnmond Titan brachte.

Ich gehörte nicht zur Crew der FASTSAVE II, sondern war Mitarbeiter der Abteilung Kommunikation und Team-Entwicklung in der Zentrale und hatte den Auftrag bekommen, externe Teams auf den Monden vor Ort zu interviewen. Dieser Einsatz begann ausgerechnet in der Zeit, als die Besatzung für die FASTSAVE III ausgewählt und trainiert werden sollte. So etwas war mein eigentliches Aufgabengebiet. Ich hatte bereits für die FASTSAVE III eine Reihe von Tests ausgearbeitet, um aus der großen Zahl der Bewerber die besten auswählen zu können. Dann kam die Weisung zum Außeneinsatz.

Einerseits war ich froh, aus der engen, muffigen, ich würde sagen, filzigen Atmosphäre der Verwaltung in der Zentrale heraus zu kommen und an einer praktischen Mission teilzunehmen. Das war ohnehin irgendwann vorgesehen. Und mit dem Flug in den Weltraum erfüllte sich mein Traum. Aus diesem Grund hatte ich einen Job bei der USO gesucht. Andererseits verstörte mich der plötzliche Auftrag, weil ich andere Prioritäten sah, für die ich bei meinen Vorgesetzten jedoch kein Gehör fand.

Auf der FASTSAVE II war ich monatelang mir selbst überlassen und erledigte nur ein paar Hilfsdienste. Eines Tages befahl der Kommandant mich zu sich. Auf dem Gang vor der Kommandobrücke musste ich warten. Einer der Navigatoren, Merte Oswalt, ging dort bereits nervös hin und her. Der Posten vor der Tür verfolgte seinen Pendelgang mit grimmiger Miene. Als schließlich Kerwin noch hinzukam, ging der Posten hinein, vermutlich um zu melden, dass wir vollzählig wären.

Hier begegnete ich Kerwin zum ersten Mal. Er war nicht groß, etwa eins fünfundsechzig, hatte ein kantiges Gesicht, dichte, struppige Brauen, lockiges, wirres, ungebändigtes dunkles Haar. Die Uniform, die er trug, schien ihm nicht richtig zu passen, hier zu kurz, dort zu lang, hier zu weit, dort zu eng.

Der Kommandant kam heraus. Seine Erscheinung war unübersehbar: Die Statur eines Bären und das Gesicht einer Bulldogge. „Oswalt, seit zwei Tagen belästigen Sie den Posten vor dieser Tür und behaupten, Sie hätten etwas Dringendes entdeckt. Was wollen Sie?", bellte er sofort in Richtung Oswalt.

Oswalt, der seinen Blick bisher auf den Boden gesenkt hielt, sah den Kommandanten an. Angst und Entsetzen spiegelten sich in seinen Augen.

„Wir müssen den Kurs ändern, Kommandant!", flehte Oswalt und gestikulierte mit den Armen. „Ich habe Ihnen eine dringende Mail geschickt. Wir müssen zurückkehren! Eine Meteoroiden-Wolke rast auf uns zu! Es bleibt nur noch wenig Zeit ... "

„Was reden Sie für einen Unsinn?!"

„Ich habe die Berechnungen mehrmals durchgeführt, Kommandant. Wir fliegen in eine Katastrophe!"

„Dann rechnen Sie noch einmal!"

„Dazu bleibt keine Zeit mehr! Wir müssen sofort den Kurs ändern!"

Seine Panik wirkte ansteckend. Mir blieb der Atem stehen und mein Blut stockte in den Adern. „Vielleicht sollten Sie sich die Berechnungen zeigen lassen", sagte ich zum Kommandanten.

Der kniff die Augen zusammen und sah mich einen Moment an. Dann sagte er: „Kommen Sie mal einen Augenblick zur Seite, Herr Adrian Metach!" Er sprach meinen Namen so aus, als würde er etwas Bitteres ausspucken. Als wir etwa fünf Schritte von den anderen entfernt waren, wandte er sich wieder zu mir und sagte mit leiser, aber drohender Stimme: „Ich habe ausführlich mit Ihrem Vorgesetzten gesprochen, Metach. Sie sind ein ewiger Nörgler und Besserwisser. Hier aber sollten Sie lieber die Klappe halten, denn von meiner

Beurteilung Ihres Einsatzes wird es abhängen, ob Sie noch eine Zukunft in der USO haben werden." Damit ließ er mich stehen und ging zurück zu den anderen.

„Sie müssen sich verrechnet haben, Oswalt!", brüllte der Kommandant. „Ich habe keine Meteoroiden gesehen! Glauben Sie wirklich, dass ich Ihretwegen alle Termine der FAST-SAVE II verschiebe? Rechnen Sie noch einmal! Und diese beiden", der Kommandant zeigte auf Kerwin und mich, „werden Ihnen beim Rechnen helfen. Und jetzt gehen Sie und machen Sie Ihren Job!" Damit verschwand er wieder auf die Kommandobrücke.

Ich fühlte mich wie gelähmt. Dieser Angriff kam für mich unerwartet.

„Das kann nicht wahr sein." Oswalt schüttelte den Kopf und ging langsam, mit hängenden Schultern zurück zu seinem Raum. Kerwin und ich folgten ihm.

„Die Berechnungen werden vom Computer durchgeführt", sagte Kerwin trocken. „Und der rechnet nicht anders oder schneller, nur weil drei Leute davor stehen statt einer."

„Vielleicht hat der Kommandant recht und es gibt gar keine Gefahr durch Meteoroiden", gab ich zu bedenken.

„Der Kommandant will Schuldige haben, auf die er zeigen kann, wenn etwas schief läuft", sagte Kerwin.

„So ein Unsinn! Wenn das Raumschiff zerstört wird, sind wir alle tot", sagte Oswalt. „Dann werden überhaupt keine Termine gehalten und dann kann er auch niemanden als Schuldigen denunzieren." Er war sichtlich verzweifelt.

„Warum bist du als Navigator nicht auf der Kommandobrücke?", fragte Kerwin.

„Warum? Das war doch wohl eben deutlich zu sehen", antwortete Oswalt in trotzigem Ton.

„Informiere den Ersten Offizier", sagte Kerwin. „Der kann in Notfällen das Kommando übernehmen."

Oswalt telefonierte daraufhin mehrere Minuten. Dann schüttelte er den Kopf. „Der Erste Offizier will Zeit, um darüber nachzudenken", sagte er. „Wir haben aber keine Zeit. Nach den Modellen des Computers nimmt die Geschwindigkeit der Meteoroiden-Wolke noch zu." Er zeigte auf das Display.

Unruhe verbreitete sich im Schiff: Schritte, Laufen, Rufen. Gab es etwa außer uns noch mehr Leute an Bord, die diese Meteoroiden bemerkt hatten? Kerwin trat vor die Tür und fragte einen Vorbeieilenden. Als er zurückkehrte, teilte er uns mit: „Ein anderes Raumschiff kreuzt unseren Kurs – ein Raumschiff, das es gar nicht geben dürfte. Von den Fenstern der Kantine aus ist es zu sehen. Kommt!"

Als wir den Raum des Navigators verließen, rief jemand: „Oswalt? Merte Oswalt!"

Ein Besatzungsmitglied aus der Wachmannschaft kam angelaufen. „Ich soll Ihnen vom Ersten Offizier ausrichten, dass eine Verzögerung des Auftrags, den die FASTSAVE II auszuführen hat, unter keinen Umständen in Frage kommt." Er nickte Oswalt zu, ob er verstanden habe, und lief wieder zurück.

„Was war das eben?", fragte Kerwin.

„Lasst uns nach dem anderen Raumschiff sehen", sagte ich.

Wir erreichten die Kantine und wurden sofort von dem Anblick gefesselt. In einiger Entfernung von der FASTSAVE II schwebte ein mysteriöses Raumfahrzeug im All. Irgend etwas stimmte nicht. Es sah aus, als wäre es halb transparent. Vielleicht war das der Grund, weshalb der Computer eine Meteoroiden-Wolke ankündigte, dachte ich.

Immer mehr Leute drängten in den Raum.

„Es gibt keinen Funkkontakt", rief einer der Anwesenden.

„Sie reagieren nicht auf unsere Signale", sagte ein anderer.

„Das ist die GHOSTSHIP!"

„Kann nicht sein. Die ist vor 30 Jahren verschwunden."

Die GHOSTSHIP war vor 30 Jahren als Erkundungs-Schiff zu den Monden im Sonnensystem unterwegs. Der offizielle Name lautete MISSIONFOUNDER, aber nach ihrem rätselhaften Verschwinden hatte sich irgend ein Witzbold den Namen GHOSTSHIP ausgedacht, nach irgend so einem uralten Märchen von einem Geisterschiff. So wird es jedenfalls gemunkelt.

Andere sagen, der Name kam zustande, weil es ewig keine Einigung über die Zusammensetzung der Mannschaft gab, so dass es so aussah, als ob das Schiff wie ein Geisterschiff ewig auf der Erde bleiben würde. Jedenfalls hatte sich der Name GHOSTSHIP für dieses Raumschiff durchgesetzt, nachdem es dann doch endlich gestartet und schließlich vor 30 Jahren spurlos verschwunden war.

„Leute!", rief Oswalt Kerwin und mir zu. „Lasst euch nicht ablenken! Denkt an die Meteoroiden! Wir müssen etwas unternehmen, sonst sind wir in den nächsten Minuten tot!"

Er sah sich um wie ein gehetztes Tier, lief zur Wand, zerschlug die Scheibe eines Alarm-Melders und drückte auf den Knopf. Ein nervendes Sirenen-Geheul ertönte im gesamten Raumschiff.

Die Unruhe, die durch das Erscheinen der GHOSTSHIP ausgelöst worden war, verstärkte sich. Alle liefen durcheinander, etliche wandten sich Richtung Ausgang, Rufe übertönten sich.

Mehrere Leute der Wachmannschaft stürmten durch die Tür in die Kantine, wodurch sich die Hinausdrängenden stauten. „Merte Oswalt! Kerwin Himarib! Adrian Metach!“, brüllte einer von ihnen. „Sie sind verhaftet!“

Während wir durch die Gänge zu den Arresträumen geführt wurden, liefen weitere Besatzungsmitglieder wie aufgescheuchte Hühner an uns vorbei. Endlich wurden die Sirenen abgestellt. Plötzlich gab es eine Erschütterung. Eine zweite folgte wenige Sekunden später. Die Sirenen begannen erneut ihren Gesang. Es folgten weitere Erschütterungen.

„Die GHOSTSHIP greift an!“, riefen verschiedene Flüchtende. Die Panik war perfekt. Unsere Bewacher ließen von uns ab und liefen davon.

„Das ist nicht die GHOSTSHIP, sondern die Meteoroiden-Wolke!“, rief Oswalt. „Rettet euch!“ Dann rannte auch er fort.

Kerwin zog mich in eine Luftschleuse, wo wir in EVA-Anzüge stiegen. Das sind Raumanzüge, die für den Außeneinsatz im All verwendet werden. Wir zogen sie hektisch über.

Und dann zerriss es das Schiff.

Ich trieb in meinem Raumanzug frei im All, denn von der FASTSAVE II war nichts mehr übrig geblieben außer einem Haufen Trümmerteile, die von der Meteoroiden-Wolke mitgerissen wurden. Ich hatte die Katastrophe überlebt, aber meine Freude hielt sich in Grenzen, nein, ich fühlte mich mehr und mehr fassungslos und verzweifelt, denn mir wurde klar, dass allein der Raumanzug keine Gewähr für das Überleben war. Wie sollte ich zur Erde zurückkehren können? Der Raumanzug stellte das Überleben nur kurzfristig sicher, vielleicht für ein oder zwei Stunden. Dann würde die Kälte und die Leere des Weltalls auch mein Leben auslöschen.

Über die Bordfunkfrequenzen rief ich nach anderen Überlebenden.

„Hier!", meldete sich eine Stimme. „Ich bin hier."

Ich fragte, wer sich gemeldet hatte, und versetzte mich durch vorsichtige Bewegung der Arme in eine leichte Drehbewegung.

„Ich bin es, Kerwin", hörte ich und sah ihn auch schon im Visier meines Raumanzuges auftauchen. Ich fragte ihn, ob er noch andere gesehen hätte, die, so wie wir, überlebt hätten. Gleichzeitig drehte ich mich weiter um meine eigene Achse. Das halbtransparente Raumschiff, das unsere Aufmerksamkeit vor wenigen Minuten von der Meteoroiden-Wolke abgelenkt hatte, schwebte auf uns zu. Ich war erst überrascht, dann erfasste mich das unbestimmte Gefühl, dass das etwas zu bedeuten hatte. Als ich Kerwin darauf hinwies, drehte auch er sich in diese Richtung und rief: „Wir müssen in dieses Raumschiff! Das ist unsere einzige Rettung."

Mit vorsichtigem Manövrieren erreichten wir das Raumschiff und gelangten über eine Luftschleuse hinein.

Als wir die einzelnen Module betraten, wurde jedes Mal durch einen Bewegungssensor das Licht eingeschaltet. Uns bot sich ein grauenhaftes Bild. Fast in jedem Raum fanden wir Leichen, zum Teil sogar mit blutigen Wunden. Da wir die

Todesursache nicht kannten, blieben wir in den EVA-Anzügen. Nach kurzer Zeit fand Kerwin heraus, dass der Kohlendioxid-Gehalt der Luft tödlich war. Die Mannschaft der GHOSTSHIP war also erstickt, jedenfalls diejenigen von ihnen, die nicht durch Gewalt umgekommen waren. Nachdem wir das herausgefunden hatten, untersuchte Kerwin den Atmosphärenregler und den Oxygenator. Beide waren leicht beschädigt und von der Energieversorgung getrennt. Kerwin war Techniker. Für ihn war es kein größeres Problem, mit den an Bord verfügbaren Reparatur-Sets den Schaden zu beheben, so dass wir nach kurzer Zeit die EVA-Anzüge ablegen konnten.

Nachdem wir uns gründlich umgesehen hatten, war unsere Überraschung und Ratlosigkeit noch größer als vorher. Die Mannschaft war ganz offensichtlich erst vor kurzer Zeit durch ein Unglück ums Leben gekommen, denn die Leichen zeigten keine Spuren von Verwesung. Dieses Ereignis konnte nur wenige Tage zurückliegen. Die GHOSTSHIP wurde aber schon seit 30 Jahren vermisst. Wie passte das zusammen? Außerdem waren nur Vorräte an Bord, deren Verfallsdatum schon vor vielen Jahren abgelaufen war. Wie war das möglich? Die Pflanzen im Bio-Modul dagegen und die Wasseraufbereitung waren in gutem Zustand. Was war hier passiert? Die Kommunikationssysteme und der Hauptcomputer funktionierten, soweit wir das feststellen konnten, aber es war nicht möglich, eine Verbindung zur Erde herzustellen.

Zum Rätselraten blieb keine Zeit. Zuerst trugen wir die Leichen in eine Luftschleuse, in der wir dann die Temperatur und den Sauerstoffgehalt soweit senkten, dass der Verwesungsprozess angehalten wurde und die Toten später auf der Erde bestattet werden konnten.

Danach inspizierten wir die Navigation und konnten feststellen, dass die GHOSTSHIP bereits mit Kurs zur Erde unterwegs war.

Meine Panik legte sich, es sah so aus, als ob doch noch eine Rettung möglich wäre. Ob es gelingen konnte, ein Raumschiff mit nur zwei Personen zu steuern, würde sich herausstellen. Wir mussten nur in die Nähe der Erde gelangen, dann könnten wir Hilfe erwarten.

Doch irgend etwas stimmte nicht.

Kerwin war mit seinen Gedanken ganz woanders. „Wenn wir die GHOSTSHIP zur Erde zurück bringen, wird es eine Menge Fragen geben“, sagte er. Der sarkastische Unterton war nicht zu überhören.

„Die USO wird uns zu Dank verpflichtet sein“, sagte ich.

„Oder man wird uns beschuldigen, die Zerstörung der FASTSAVE II herbeigeführt zu haben“, wandte er ein.

„Warum sollten Sie das tun?“, fragte ich verwundert.

„Es gibt weder Beweise, die dafür sprechen, noch welche, die die Behauptung widerlegen. Ich kann mir vorstellen, dass sie die Umstände nutzen werden, um mich loszuwerden.“

„Warum haben sie dich mit der FASTSAVE II mitgeschickt, wenn sie dich loswerden wollten? Das passt nicht zusammen.“

„Offiziell sollte ich Diagnose-Werkzeuge auf den Monden testen. Aber das war nur ein Vorwand.“ Kerwin winkte ab, um damit zu unterstreichen, das die Begründung für seinen Einsatz erlogen war. „Du weißt, dass gerade die FASTSAVE III fertiggestellt wird? Ich gehörte zum Projekt-Team. Ohne in technische Details zu gehen, aber was da an Bauteilen für das Raumschiff verwendet wurde, ist katastrophal und unverantwortlich. Ich habe wohl einmal zu oft darauf hingewiesen, weshalb sie eine andere Aufgabe für mich gefunden haben."

„Warten wir es ab", sagte ich. „Vielleicht siehst du das viel zu pessimistisch."

Schließlich machte sich bei uns Erschöpfung bemerkbar. Wir beschlossen, abwechselnd zu schlafen. Ich übernahm die erste Wache.

Es dauerte nicht lange, dann überfiel mich die Müdigkeit mit einer solchen Macht, dass mir die Augen buchstäblich zugedrückt wurden.

Schüsse weckten mich. Ich war in einer Nische der Kommandobrücke zusammengesackt, eingeschlafen und jetzt hochgeschreckt. So konnte ich beobachten, wie sich jemand hinter der Konsole der Kommandobrücke versteckte, von Zeit zu Zeit Drohungen ausrief und schoss. Es war der Kommandant der GHOSTSHIP – den wir vor ein paar Stunden tot aufgefunden hatten. Wer waren die bewaffneten Männer, obendrein in Uniformen der GHOSTSHIP? Wir hatten doch keinen einzigen Überlebenden an Bord gefunden! Woher kamen die Männer und die Waffen?

Der Uniformierte in der Kommandobrücke erhob sich schnell aus der Deckung und schoss in Richtung Tür. Zwei Schüsse aus der anderen Richtung trafen ihn tödlich.

Zwanzig Minuten später wurden die Rufe und die Schüsse

spärlicher, bestimmten aber immer noch die Lage im Raumschiff.

Ich schlich mich aus der Nische, an der Wand entlang durch die Kommandobrücke und schaute vorsichtig auf den Gang. Von hier zweigten drei Gänge ab. Ich sprang nach links, in die Richtung, in die Kerwin gegangen war, um sich ein Quartier zu suchen. Kugeln pfiffen mir um den Kopf, Rufe ertönten. Ich warf mich in die nächste Nische. Mir zitterten die Knie. Kopfschmerzen setzten ein, das Atmen fiel mir schwer.

Ein leises Zischen hinter mir weckte meine Aufmerksamkeit. Ich sah mich um und sah Kerwin hinter der Kurve, wie er mir Zeichen gab, zu ihm zu kommen. Diese Nische, die ich als Sackgasse betrachtet hatte, erwies sich hinter einer Biegung als Gang, der zu einer Luftschleuse führte. Es war dieselbe, durch die wir vor wenigen Stunden in das Raumschiff gelangt waren. Und die Toten, die wir davor entdeckt hatten, lagen auch wieder hier.

Ich rannte geduckt zu Kerwin, der mich gleich zwei Meter weiter zog und auf die EVA-Anzüge zeigte, die wir gestern getragen hatten. Ohne zu fragen, tat ich es ihm nach und zog meinen Anzug an. Dann warteten wir, bis die Schüsse aufhörten, und weitere 30 Minuten, um sicher zu gehen, dass alles ruhig blieb. Kerwin zeigte auf sein Messgerät am Arm. Der Kohlendioxid-Gehalt der Luft hatte wieder tödliche Werte angenommen.

Wir gingen zum Atmosphärenregler, wobei wir vorsichtig um jede Ecke schauten, ob nicht doch noch ein Schütze lauerte. Wir fanden keine Überlebenden. Kerwin brauchte nicht lange, um festzustellen, dass die Schäden am Oxygenator und Atmosphärenregler dieselben waren wie beim ersten Mal, und reparierte sie. Nachdem wir die EVA-Anzüge wieder abgelegt hatten, brachten wir die Toten erneut in die Luftschleuse, die wir leer vorfanden.

„Haben wir es mit Zombies zu tun?", fragte Kerwin halb im Scherz.

Die Prüfung der Navigationsgeräte zeigte, dass wir zwar in Richtung Erde unterwegs waren, uns aber in den letzten 24 Stunden kaum vorwärts bewegt hatten, obwohl eine Geschwindigkeit von 60000 Kilometer je Stunde angezeigt wurde.

Als ich schließlich die Lebensmittel, die ich gestern dem Proviantschrank entnommen hatte, unberührt wiederfand, hatte ich eine Ahnung. „Was ist, wenn wir uns in einer Zeitschleife befinden?"

„Das gibt es nur in Science-Fiction-Filmen", wandte Kerwin ein.

„Das wäre aber eine Erklärung für alle seltsamen Erscheinungen, die wir auf der GHOSTSHIP erlebt haben", sagte ich. So recht mochte ich das allerdings auch nicht glauben. Deshalb beschlossen wir, ein paar Stunden abzuwarten, ob sich das Geschehene wiederholen würde.

„Wenn es sich wirklich um eine Zeitschleife handeln würde", sagte Kerwin, „dann kämen wir nie wieder zur Erde zurück."

Der Gedanke war erschreckend, aber logisch.

Als es an der Zeit war, an Schlafpausen zu denken, zogen wir uns zur Luftschleuse zurück, richteten uns dort ein Versteck ein und legten die EVA-Anzüge in Reichweite. Es wurde still im Raumschiff, und da sich niemand bewegte, gingen die Lichter aus.

Schüsse und Rufe schreckten uns hoch. Zwei Besatzungsmitglieder fielen in unserer Nähe zu Boden und blieben dort liegen, wo wir sie schon zwei Male gefunden hatten. Sofort zogen wir die EVA-Anzüge an. Nach einiger Zeit erreichte auch der Kohlendioxid-Gehalt in der Luft wie am Tag zuvor ein tödliches Niveau. Damit war es Gewissheit: Wir steckten in einer Zeitschleife. Und im Gegensatz zu der Besatzung, die augenscheinlich nichts merkte, war es uns bewusst.

Etwa eine halbe Stunde später, als wieder Ruhe eingetreten war, wurden wir aktiv.

Nachdem wir wieder normale Lebensbedingungen hergestellt, die Toten in eine Luftschleuse geschafft und die Geräte in der Kommandobrücke geprüft hatten, wobei wir die Anzeigen genauso vorfanden wie am Vortag, sank meine Hoffnung auf eine Heimkehr. Sollte diese ständige Wiederholung ein und desselben Tages den Rest meines Lebens prägen? Und wie lange würde das sein? Würden wir überhaupt altern? Würde ich die Erde nie wieder betreten, meine Lieben, Madlen und unseren Sohn Niclas, nie wieder sehen?

„Wir sind gefangen und verloren“, sagte ich.

Kerwin schüttelte den Kopf. „Auf mich wartet Silvia, meine Verlobte. Und ich werde sie nicht im Stich lassen. Wir werden also zurückkehren. Die Frage ist nur, wie wir das anstellen.“ Er orientierte sich mehr an den praktischen Fragen. „Irgend etwas muss die Zeitschleife ausgelöst haben, wenn wir nicht von einem Fluch ausgehen wollen."

Damit hatte er recht. Es musste eine rationale Erklärung dafür geben. „Durch Einwirkung von außen womöglich, vielleicht hat eine Kraft oder ein Feld im All die Raumzeit verbogen", sagte ich.

„Vielleicht", gab Kerwin zu, „aber innerhalb des Sonnensystems ist das wenig wahrscheinlich. Außerdem könnten wir dann nichts tun, um diesem Dilemma zu entkommen."

„Richtig, also gehen wir davon aus, dass die Ursache für die Zeitschleife innerhalb des Raumschiffs zu suchen ist", versuchte ich, Kerwins Gedanken fortzusetzen. „Nehmen wir an, dass durch die Schießerei nicht nur der Oxygenator und der Atmosphärenregler zerstört, sondern auch ein Vorgang ausgelöst wurde, der die Zeitschleife zur Folge hatte."

„Und weil niemand den Versuch unternehmen konnte, den Schaden zu beheben, ohne erschossen zu werden, sind nach dem Beginn der Zeitschleife alle, die noch lebten, erstickt. Und das tun sie seitdem immer wieder."

„Alle Systeme im Raumschiff sind auf einen Rhythmus von 24 Stunden programmiert, um erdähnliche Verhältnisse zu schaffen. Deshalb wiederholen sich immer die letzten 24 Stunden seit dem Auslösen der Zeitschleife."

„Also", folgerte Kerwin, „müssen wir herausfinden, was durch die Schießerei verändert wurde und es rückgängig machen, um dieser Ewigkeit zu entkommen."

Wieder war es Kerwin, der mir neuen Mut gab.

Die nächsten zahllosen Tage verliefen fast alle gleich: Nach den katastrophalen Vorgängen, die zum Tod der gesamten

Mannschaft der GHOSTSHIP führten, reparierte Kerwin die Anlagen für die Atemluft, dann schafften wir die Toten in eine Luftschleuse. Danach teilten wir uns die Aufgaben, um die Ursachen für die Zeitschleife herauszufinden. Ich durchsuchte Log-Dateien und Protokolle, während Kerwin sich mit der Technik des Raumschiffs beschäftigte.

Ich staunte, wie einfallsreich und versiert Kerwin die Technik behandelte. Es wirkte fast, als wäre sie eine Verlängerung seiner eigenen Sinne und seiner eigenen Organe. Er ging förmlich in der Komplexität der Computer, Sensoren und Steuerungen auf.

Eines Tages bekam ich Video-Aufzeichnungen in die Hände, auf denen die letzten Stunden der Kommandobrücke festgehalten waren. Ich beobachtete den Kommandanten und den Ersten Offizier in einer offenen Auseinandersetzung. Gegenstand des Streites war der Proviant an Bord. Es war für mich fast ein Déjà-vu-Erlebnis. Auch hier agierte ein Kommandant, der das Raumschiff in eine Katastrophe führte, um nur nicht zugeben zu müssen, dass er falsche Entscheidungen getroffen hatte.

So langsam dämmerte mir, dass mein naiver Glaube, die da oben wüssten, was sie tun, dazu beigetragen hatte, mich in diese prekäre Lage zu bringen.

Kerwin sah sich ebenfalls einige der Videos an, weil er eine Pause brauchte, um neue Ideen für seine Suche in den Tiefen des Technik-Labyrinths zu finden. Als die Techniker der GHOSTSHIP im Video den Namen Miloud Mendel erwähnten, wurde er hellhörig. Plötzlich wusste er, wo er nach einer Lösung für unser Problem suchen musste.

Kerwin erzählte, dass er bei Miloud Mendel gelernt hätte, bevor er zur Weltraumbehörde ging. Miloud hätte ihm viel beigebracht, nicht nur in technischer Hinsicht. Und er hätte Kerwin gewarnt, dass bei der USO nicht der technische Verstand das Sagen hätte, sondern Beziehungen und Schmiergelder. Vieles von dem, was Miloud ihm damals sagte, wäre ihm erst später klar geworden.

Kerwin arbeitete danach wie besessen, aber die Zeit reichte nicht, denn die Arbeiten mussten immer wieder zu einem bestimmten Zeitpunkt abgebrochen werden, damit wir Schutz suchen konnten, bevor die Zeitschleife erneut begann. Deshalb half ich ihm bei den technischen Arbeiten. Er zeigte mir, was ich zu tun hatte, und nach ein paar Tagen entwickelte ich eine akzeptable Arbeitsgeschwindigkeit.

Aber die Zeit reichte immer noch nicht.

Wir verzichteten auf die Essenspausen, ließen sogar die Toten dort liegen, wo sie gestorben waren, um Zeit für die Reparaturarbeiten zu gewinnen. Die Handgriffe, die ich zu erledigen hatte, kannte ich bereits auswendig und konnte sie mit geschlossenen Augen ausführen. Aber jede kleine Panne, jeder Fehlgriff führte dazu, dass wir wertvolle Zeit verloren und am folgenden Tag neu beginnen mussten.

Zwangsläufig legten wir auch Tage ein, an denen wir uns erholten, Nahrung zu uns nahmen und darüber diskutierten, wie wir die Arbeiten weiter beschleunigen konnten. So kamen wir einmal darauf zu sprechen, welche Erwartungen wir mit der Befreiung aus der Zeitschleife verbanden, welche Wünsche wir in unserem Leben verfolgten. Kerwin stellte die provokative Frage: „Warum willst du diesen Zustand beenden und zurück auf die Erde? Hier bist du sicher und kannst den ganzen Tag – bis auf die ersten zwei Stunden – tun und lassen was du willst. Das wirst du verlieren."

Über die Antwort musste ich nicht lange nachdenken. „Ich will ein Leben mit Madlen, meiner Frau. Ich will erleben, wie mein Sohn Niclas heranwächst. Madlen und ich haben auch schon über ein zweites Kind gesprochen. Ich will ein Leben mit Überraschungen, keine stupide, eintönige Sicherheit."

„Du stellst dir eine Märchenwelt vor, Adrian." Kerwin spielte anscheinend darauf an, dass ich ohne zwingenden Grund auf diese Mission geschickt wurde, die mein Leben in Frage stellte.

„Willst du etwa nicht zurück zur Erde?", fragte ich ihn.

„Doch, ich sehe das auch so wie du. Ich möchte mit Silvia zusammen sein, wir wollen heiraten und eine Familie gründen. Wir haben Pläne geschmiedet … einmal auf dem Grund des Atlantischen Ozeans spazieren gehen, einmal auf dem Gipfel des Himalaja in den Himmel schreien." Ein Lächeln erhellte sein Gesicht. Er sah mich ein paar Augenblicke an. In seinen Augen stand so viel Sehnsucht. Dann setzte er ernst, mit zusammengezogenen Brauen hinzu: „In den letzten Tagen habe ich immer wieder darüber nachgedacht. Vielleicht wäre es am besten, wenn wir auf eine zukünftige Erde zurückkehrten, und dort lebten die Menschen schon im 23. Jahrhundert, wenn Dummheit und Arroganz ausgestorben sein werden."

„Das wäre eine Zeitreise", sagte ich.

Wir träumten von einer besseren Welt, wir träumten von unserem Glück, das wir aber nur außerhalb dieser Zeitschleife finden konnten, und deshalb gaben wir nicht auf.

Endlich kam der lang ersehnte Tag. Wir hatten es doch geschafft. Damit die neue Konfiguration wirksam werden konnte, mussten alle Systeme des Raumschiffs heruntergefahren und neu gestartet werden. Wir wussten natürlich nicht mit Sicherheit, ob das Ergebnis eine Befreiung aus der Zeitschleife sein oder ob es nur einen Totalausfall zur Folge haben würde. Aber alles war besser, als ewig in diesen Kreislauf eingeschlossen zu sein. Wir zogen die Raumanzüge an und begannen die vorbereitete Prozedur.

Das Raumschiff stöhnte beim Start der Systeme, gab verschiedene Signale von sich und schüttelte sich wie ein Hund, der aus dem Wasser kommt. Die Lichter gingen wieder an, und es wurde still. Die Uhr signalisierte uns, dass nur noch wenige Minuten verblieben, bis die Zeitschleife erneut begann, falls es uns nicht gelungen war, daraus zu entkommen. Deshalb suchten wir unser gewohntes Versteck auf. Die Aufregung war größer als die Müdigkeit, und wir warteten gespannt. Als die fällige Zeit überschritten war und keine Schießerei begann und auch der Kohlendioxid-Gehalt der Luft nicht anstieg, jubelten wir – und schliefen dann erschöpft ein.

Die Zeitschleife war beendet. Es war immer noch bedrückend, mit so vielen Leichen an Bord zu leben, aber unsere Heimkehr rückte in greifbare Nähe.

Nach vier Stunden Schlaf waren wir wieder auf den Beinen, brachten die Toten in die Luftschleuse und inspizierten alle Systeme des Raumschiffs. Die lebenserhaltenden Systeme funktionierten wie vorher. Das war die gute Nachricht.

Das Raumschiff hatte den Kurs verloren, und die Antriebs- und Steuersysteme versagten den Dienst. Wir trieben also ziellos im Weltraum umher. Das war die schlechte Nachricht.

Aber als es Kerwin dann gelang, eine Nachrichtenverbindung zur Erde herzustellen, kam Sektstimmung auf.

Die Mitteilungen aus der Zentrale trübten unsere Euphorie umgehend wieder.

Nur die FASTSAVE III konnte uns retten, und die kehrte gerade von ihrem ersten Flug zurück, brauchte eine Generalinspektion und konnte uns frühstens in etwa 3 Jahren zu Hilfe kommen. In der Zentrale fanden sie plötzlich viele Gründe, warum uns nicht früher geholfen werden konnte. Ich hatte das Gefühl, dass unser Überleben unerwünscht war. Für einen Zeitraum von drei Jahren reichten unsere Vorräte nicht. Nachdem wir die Zerstörung der FASTSAVE II überlebt hatten und der Zeitschleife auf der GHOSTSHIP entkommen waren, würden wir hilflos im All verhungern.

„Glaubst du immer noch, dass sie wirklich an unserer Rückkehr auf die Erde interessiert sind?“, fragte Kerwin.

Es schien aussichtslos zu sein. Alle Bemühungen waren umsonst, alle Hoffnungen verflogen.

So wirkte es zunächst nur wie eine medienwirksame Geste, dass die USO Miloud Mendel reaktivierte, um eine Rettungsmission vorzubereiten. Es gab nur noch wenige Techniker, die sich mit so einem alten Raumschiff wie der GHOSTSHIP auskannten. Kerwin erzählte mir, dass Miloud früher zur USO gehörte und an der Fertigstellung der GHOSTSHIP entscheidenden Anteil gehabt hätte. Aufgrund von Meinungsverschiedenheiten hätte er aber wenige Monate vor dem ersten Start des Raumschiffs gekündigt.

Kerwin und Miloud tauschten Text- und Video-Nachrichten aus, vertieften sich in technische Details, wohin ihnen niemand mehr folgen konnte. Dann schickte Miloud endlose technische Dokumentationen und Anleitungen, die Kerwin mit einer außergewöhnlichen Gründlichkeit studierte. Eines Tages kam er mit einem Aufsatz zu mir und wies mich auf Nachrichten von Miloud hin, die darin versteckt waren. Im Grunde lief es auf zwei Dinge hinaus. Erstens sollten wir gegenüber der USO niemals das Wort Zeitschleife verwenden. Zweitens mussten wir, wenn wir überleben wollten, erneut eine Zeitschleife herbeiführen, bis uns die Hilfe durch die FASTSAVE III erreichte.

Eine Reparatur der Antriebssysteme mit den vorhandenen Bordmitteln wurde sowohl von Kerwin als auch von Miloud als aussichtslos eingestuft.

Allerdings hatte ich Bedenken, wie wir aus der neuen Zeitschleife wieder herauskommen sollten. Daran hatte Miloud bereits gedacht und vorgeschlagen, ein automatisches Beenden der Schleife nach einer vorgegebenen Anzahl von Durchläufen zu programmieren. Er konnte natürlich nicht garantieren, dass das auch funktionieren würde, aber da er die Rettungsmission betreute, bliebe immer noch die Möglichkeit, dass die Besatzung der FASTSAVE III die Zeitschleife beenden und uns lebend nach Hause bringen könnte.

Wir hatten zweimal in Folge Kommandanten erlebt, denen das Leben ihrer Mannschaft wenig am Herzen lag. Sollten wir wirklich darauf vertrauen, dass eine Mission losgeschickt würde, die uns aus der erneut herbeigeführten Zeitschleife befreien würde? Denn diesmal mussten wir davon ausgehen, dass wir ebenso von der Zeitschleife betroffen sein würden, wie vorher die Mannschaft der GHOSTSHIP. Aber uns blieb keine Wahl. Ich hatte gemischte Gefühle.

Kerwin benötigte drei Tage für die Vorbereitungen, dann waren wir wieder in einer Endlosschleife gefangen.

Nach nur einem Tag vernahmen wir das Stöhnen und Schütteln des Raumschiffs, und die Schleife war beendet.

Ich war enttäuscht. Der Plan hatte scheinbar nicht funktioniert.

Wir prüften die Geräte, kontrollierten alle Einstellungen und lachten dann, dass uns die Tränen über die Wangen liefen. Tatsächlich waren wir nicht einen Tag, sondern 30 Monate lang in einer Zeitschleife gefangen gewesen, und die FASTSAVE III war nur noch drei Flug-Monate von uns entfernt. Dafür reichte der Proviant, den ich sofort überprüfte. Die Zeitschleife war uns wie ein einziger Tag vorgekommen, weil wir bei deren Auslösung selbst im Raumschiff waren. Dadurch, dass wir jeden Tag dasselbe taten und dasselbe dachten, war es für uns nur ein erlebter Tag gewesen.

Kerwin war begeistert. „Mit Hilfe der Zeitschleife haben wir eine Zeitreise unternommen! Eine echte Zeitreise in die Zukunft." Er träumte ein paar Momente, dann beantwortete er die fast pausenlos eintreffenden Anfragen der FASTSAVE III mit der Aufforderung, uns zu melden.

Nach dem Eintreffen der FASTSAVE III wurden Kerwin und ich getrennt. Kerwin sollte auf der GHOSTSHIP bleiben und mit einem Techniker, der von der Erde mit angereist war, das

Raumschiff wieder manövrierfähig machen. Wir verabredeten, uns nach seiner Rückkehr auf der Erde zu treffen.

Mein Status auf der FASTSAVE III war derselbe wie schon auf der FASTSAVE II: Ich wurde ignoriert. Nach etwa einem Monat wurde ich unter Arrest gestellt. Wie ich später erfuhr, war das der Zeitpunkt, an dem die GHOSTSHIP erneut verschwunden war.

Nach der Landung auf der Erde bekam ich ein paar Stunden Zeit, um mich frisch zu machen und die Kleidung zu wechseln. Dann wurde ich in den Beratungsraum der USO gebeten, der sonst nur von der Führung der Weltraumbehörde genutzt wurde.

Und da war ich nun.

Einer der beiden Vernehmer kehrte in den Beratungsraum zurück. Es war der, der sich als Lars Schmidt vorgestellt hatte. „Lassen Sie uns unser Gespräch zu Ende führen, das wir eben kurz unterbrechen mussten, Adrian“, sagte er. „Sie wollten erzählen, wo und wie sie Kerwin Himarib kennengelernt hatten. Ich weiß, sie waren beide auf der FASTSAVE II. Kannten Sie ihn schon vorher?“

„Nein, wir haben uns erst auf der FASTSAVE II kennen gelernt. Wir überlebten die Katastrophe als einzige, konnten uns auf die GHOSTSHIP retten und haben von dort Verbindung zur Erde aufgenommen und gewartet, bis die FASTSAVE III uns erreichte. Nachdem ich die GHOSTSHIP verlassen hatte, habe ich ihn nicht mehr gesehen.“

„Hatte er irgendwelche Andeutungen gemacht, dass er die GHOSTSHIP vernichten wollte?“

„Wie kommen Sie denn darauf?"

„Wir gehen davon aus, dass er die GHOSTSHIP manipulierte, damit sie sich später selbst zerstörte, während er sich auf der FASTSAVE III versteckt hielt. Wissen Sie etwas dazu?"

„Nein. Warum sollte er das tun?"

„Vielleicht ist er auch daran schuld, dass die FASTSAVE II zerstört wurde. Wir werden das herausfinden, Adrian. Sollte Kerwin Himarib mit Ihnen Kontakt aufnehmen, teilen Sie uns das bitte sofort mit."

„Sicher", antwortete ich nur. Sie würden nichts von mir erfahren!

„Für die Zukunft haben wir zwei Aufgaben für Sie", fuhr Schmidt fort. „Erstens hat sich eine internationale Untersuchungskommission angekündigt, die die Vorgänge auf der GHOSTSHIP und der FASTSAVE II aufklären will. Sie werden sich gründlich auf Ihre Aussage vor der Kommission vorbereiten, Adrian. Und bis morgen schreiben Sie bitte einen ausführlichen Bericht für mich über die Katastrophe, die die FASTSAVE II zerstörte. Und denken Sie gut darüber nach, was Sie schreiben."

„Sicher."

„Zweitens haben wir die Absicht, wenn Sie mit uns kooperieren, Ihnen die Abteilungsleiter-Stelle einer zu gründenden Organisationseinheit anzubieten, die sich mit Kommunikationsfragen während der Flüge der Weltraumfähren beschäftigen wird. Haben Sie Fragen dazu, Adrian?"

„Kann ich jetzt gehen?"

Die Absichten, die hinter Schmidts Ankündigungen steckten, waren zu offensichtlich. Sie wollten, dass ich ihnen eine weiße Weste attestierte und Kerwin als Schuldigen präsentierte. Danach würde niemand mehr etwas von einer Abteilungsleiter-Stelle wissen. Und wenn doch, dann würden sie mich damit zu ihrem Komplizen machen.

Wenige Augenblicke später stand ich vor dem Hauptgebäude der USO auf der Straße und genoss die Luft in vollen Zügen.

Ein Pick-up fuhr vor und die Beifahrertür wurde aufgestoßen. „Adrian!", rief der Fahrer. Er war Ende fünfzig, Anfang sechzig, hatte kurzes, graues Haar, trug eine braune Lederjacke und Kordhosen. Die Augen kniff er zusammen, als würde ihn das Sonnenlicht blenden. „Kommen Sie, Adrian. Ich bin Miloud Mendel. Ich glaube, wir haben einen gemeinsamen Freund."

„Kerwin hat viel von Ihnen erzählt", sagte ich.

„Steigen Sie ein, ich fahre Sie nach Hause. Auf der Fahrt können wir noch ein bisschen reden."

Wir ließen die Bürotürme der Weltraumbehörde hinter uns und fuhren auf gerader Strecke durch Steppe und Weideland.

„Die USO glaubt, Kerwin hätte die GHOSTSHIP zerstört und wäre illegal mit der FASTSAVE III auf die Erde zurückgekehrt", platzte ich nach ein paar Minuten heraus.

„Kerwin zerstört nichts." Miloud lächelte. „Ich habe Silvia Reuss, seine Verlobte, ausgebildet und mit zur GHOSTSHIP geschickt."

„Sie war also die Technikerin, die mit Kerwin die GHOSTSHIP wieder manövrierfähig machen sollte", sagte ich, während sich meine Gedanken überschlugen.

„Können Sie sich vorstellen, Adrian, dass ein junges Paar seine Flitterwochen auf einer Zeitreise ins 23. Jahrhundert verbringt?“

Es dauerte einige Zeit, bevor ich verstand, was er mir sagen wollte. Bei dieser Vorstellung musste ich lächeln. „Viel Glück, Kerwin!“, war das erste, was mir dazu einfiel.

Das Feuerzeug reloaded

Sylvia Werth

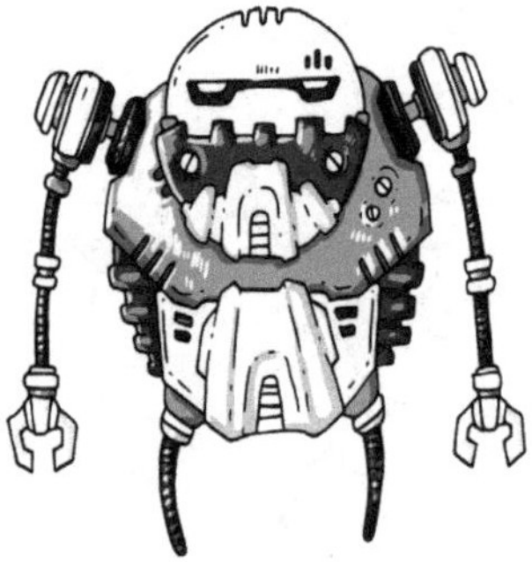

Das Feuerzeug reloaded

Audiolog 35, Hospitalschiff Eobhar, Pilotin Nhola

Notlandung. Schiff getarnt, aber schwer beschädigt. Atmosphäre verseucht mit Oxidaten, gerade noch atembar.

Musste den Schwefeldeterminator einsetzen.

Kapitän Rhutjo tot, die meisten Besatzungsmitglieder ebenso. Die wenigen Überlebenden schwer verletzt und im Kälteschlaf. Ich selbst habe nur ein paar Schrammen, aber was nützt mir das? Ich bin Pilotin, wie soll ich das Schiff wieder flott kriegen?

Hier schleicht ein Eingeborener rum. Vielleicht kann ich den für die Reparaturen gebrauchen.

Audiolog 35 Ende

Der dumpfe Ruf eines Uhu-Männchens riss Bruno Renger aus seinem Dämmerschlaf. Herzhaft gähnend blinzelte er in die untergehende Sonne dieses ungewöhnlich kühlen Sommertages. Die knorrigen Baumstämme des Hagensteiner Forsts wirkten wie Schattenrisse ausgehungerter Vampire, die auf die Dunkelheit warteten, um dann über das Königreich Nepara herzufallen. Bruno schauderte. Ein deutliches Knurren in der Magengegend verlieh seinem Wunsch, die Hauptstadt Pagam noch vor Sonnenuntergang zu erreichen, hörbar Nachdruck.

Träge quälte er sich auf die Füße. Der lange Feldzug gegen die Mongolen hatte ihn ausgezehrt. Kleine Staubwolken stoben zu allen Seiten, als er seine alte Soldatenuniform ausklopfte und glatt strich. Eine Hand am abgenutzten Säbel setzte er seinen Fußmarsch fort. Die Geschichten über Hexen und andere teuflische Wesen in dieser Gegend versuchte er dabei zu verdrängen.

Was war das für ein Geräusch? Mit weit aufgerissenen Augen blieb er stehen und horchte. So leise wie möglich zog er seinen Säbel und umklammerte den Griff so fest, dass die Fingerknöchel weiß wurden. Da war es wieder, ein merkwürdiges Krächzen, fast melodisch. Es kam von dem gewaltigen Baum etwa 50 Ruten Richtung Osten, dessen Rinde ihn an glänzendes Metall erinnerte. Eine Stimme tief in seinem Inneren riet ihm, so schnell wie möglich das Weite zu suchen, doch er rührte sich nicht.

Eine schemenhafte Gestalt trat hinter dem Baum hervor. Bruno machte sich bereit für einen Kampf auf Leben und Tod.

Auf einen dicken Stock gestützt humpelte eine alte Frau auf ihn zu. Ihr Körper schwankte wie die knorrigen Äste eines Baumes im Sturm. Das Gesicht war über und über mit Falten bedeckt, auf der rechten Wange thronte eine riesige Warze. Bruno musste unwillkürlich an einen Vulkankrater denken und schüttelte sich. Die dünnen weißen Haare hingen ihr in Strähnen ins Gesicht. Er ließ den Säbel sinken, ohne den Blick von ihr abzuwenden. Noch nie hatte er eine so alte und hässliche Frau gesehen.

Sie öffnete den Mund. Schweflig-fauliger Teufelsatem traf ihn. Bruno fuhr zurück. Das war ja schlimmer als der Gestank im Feldlazarett! Ihre Stimme krächzte wie die eines Raben in seinen letzten Zügen. Einen Moment lang befürchtete Bruno, sie würde vor seinen Augen tot umfallen. Wobei er sich fast sicher war, dass er ihren vorzeitigen Tod dieser unangenehmen Begegnung vorziehen würde. Aber den Gefallen tat sie ihm nicht.

„Hilf mir, Fremder!“

Eben noch hatte sie nur unverständliches Kauderwelsch von sich gegeben und nun sprach sie akzentfrei in seinem Heimatdialekt? Bruno kratzte sich am Kopf.

Nicht minder verwunderlich war ihre Bitte. Er solle ein goldenes Feuerzeug aus dem großen Baum holen. Sie selbst wäre zu gebrechlich dafür.

Als Belohnung dürfe er sich an allen Schätzen bedienen, die er dort unten finden könne.

Sie gab ihm eine silberne Kette mit einem elfenbeinfarbenen Medaillon, das ihn vor drei bösen Hunden schützen sollte.

Schätze, so viel er tragen konnte? Seine Augen leuchteten, als er nach dem Amulett griff und es sich um den Hals hängte. Seine letzten Taler hatte er in Logari beim Würfeln verloren. Bei dem Gedanken an ein weiches Bett und eine warme Mahlzeit begann er vor Aufregung zu zittern.

Audiolog 36, Hospitalschiff Eobhar, Pilotin Nhola

Der Translator ist kaputt. Aber ich konnte den primitiven Eingeborenen dazu bewegen, mir den Synapseninverter UX3 aus dem verstrahlten Schiff zu holen. Laut meinen Scans ist seine Spezies noch unterentwickelt, die Strahlung macht ihm wahrscheinlich nichts aus.

Hoffentlich kann ich die Karbonnen dazu bringen, das Schiff zu reparieren. Sie sind zwar dumm und krank, laufen nur noch auf allen Vieren. Dennoch sind sie verdammt schnell und gefährlich. Ohne den UX3 bin ich erledigt. Der Typ muss ihn einfach finden.

Audiolog 36 Ende

Bruno hielt sich ein Taschentuch vor Mund und Nase und hustete. Die stickige, nach faulen Eiern riechende Luft war kaum zu ertragen. Wahrscheinlich hatte die Alte hier unten zu lange die Luft verpestet. Dumpfes bläulich schimmerndes Licht gab ihm das Gefühl, tief unter Wasser zu sein. Ein unangenehmes Kribbeln überzog seinen Körper wie tausend Ameisen eine große Heuschrecke, um sie im nächsten Moment zu zerteilen und in ihren Bau zu schleppen.

Das kann ja heiter werden.

Ein Anflug von Klaustrophobie drohte ihn zu erdrücken, der Eingangsbereich war höchstens eine Quadratrute groß. Hektisch sah er sich um. Keine Tür, keine Schätze, keine bösen Hunde und kein Feuerzeug. Heiliger Himmel! Nichts wie raus hier.

Moment, vielleicht gab es irgendwo eine Geheimtür. Systematisch begann er, die Wände abzutasten. Sie fühlten sich kühl an, zu kühl für das Innenleben eines Baumes, und waren so glatt und schier wie die Klinge eines Schwertes. Als er die Westwand berührte, löste sie sich auf. Bruno zog blitzschnell seine Hand zurück und drückte sie fest vor die Brust, womöglich würde die Wand jeden Moment wieder auftauchen und danach schnappen. Misstrauisch sah er in einen langen, ebenfalls in blaues Licht getauchten Gang. Vorsichtig näherte er sich dem neuen Durchgang, jederzeit bereit zurückzuspringen. Die Vorstellung, mitten in einer eigenwilligen Wand festzustecken, die je nach Lust und Laune auftauchte und wieder verschwand, behagte ihm ganz und gar nicht.

Reiß dich zusammen, denk an die Schätze!

Glücklicherweise materialisierte die Wand nicht wieder. Am Ende des Ganges erreichte er eine Halle mit unzähligen Hexenlichtern an den Wänden und einer gewaltigen Säule in der Mitte. Was für ein Anblick! Wie die Sterne bei Nacht.

Aber was ist das für ein Knurren? Klingt irgendwie bedrohlich ...

Nur mühsam gelang es ihm, den Blick von den verhexten Lich-

Audiolog 38, Hospitalschiff Eobhar, Pilotin Nhola

Dieses dämliche Strahlungsleck ist immer noch da. Wenigstens funktionieren die Stasiskammern zuverlässig. Viele der anderen Systeme sind wieder flott, selbst der Antrieb geht wieder. Toll, und ich kann nicht aufs Schiff.

Dieser Synapseninverter muss bei dem Absturz etwas abgekriegt haben, manchmal machen die Karbonnen einfach nicht, was sie sollen. So ein Mist! Ob ich jemals wieder nach Hause komme?

Audiolog 38 Ende

Nach zwei Wochen voller Luxus war Bruno ausgeraubt und restlos pleite. Den hängenden Kopf auf die Hände gestützt, saß er in der kleinen Dachkammer, die er gegen das Luxuszimmer im „Glänzenden Ritter" hatte tauschen müssen. Zwischen seinen Füßen lag ein letzter Taler. Regungslos starrte er auf den kläglichen Rest seines Reichtums und atmete schwer.

Wütend kickte er den Taler gegen die Wand. *Hätte ich doch nur mehr Schätze aus dem Baum mitnehmen können.*

Frustriert ließ er sich auf das harte Bett fallen, verschränkte die Arme hinter dem Kopf und starrte an die rissige Decke. Ruckartig richtete er sich auf. Das war es! Mehr Schätze.

Das Feuerzeug. Ich muss es haben.

Hoffentlich ist die Hexe noch da.

Audiolog 39, Hospitalschiff Eobhar, Pilotin Nhola

Hier schleicht schon wieder so ein Eingeborener rum. Diese Primaten sehen irgendwie alle gleich aus, aber ich glaube das ist dieser dumme Kerl, der mir den UX3 besorgt hat. Was will der nur?

Egal, für diesen Spinner habe ich jetzt keine Zeit. Die Karbonnen haben das Strahlungsleck gefunden und sind dabei, es zu flicken. Endlich kann ich von diesem blöden Planeten weg. Meine Familie ist bestimmt schon krank vor Sorge.

Audiolog 39 Ende

Mit hoch erhobenem Säbel stürmte Bruno auf die Lichtung und hackte der verdutzten Alten mit einem gewaltigen Hieb den Kopf ab. Zufrieden betrachtete er den leblosen Körper. Er steckte das Feuerzeug in den Lederbeutel an seinem Gürtel und zerrte die Leiche eilig in ein dichtes Gebüsch.

Sein Herzschlag setzte für einen Moment aus. *Wo ist der Kopf? Verdammt.*

Hektisch rannte er wieder auf die Lichtung und suchte den Boden ab. Dabei sah er immer wieder besorgt zum Baumeingang. *Da, da liegt er doch.* Zügig kehrte er zur Leiche zurück und legte den Kopf daneben. Schließlich bedeckte er die Tote mit ein paar Ästen und ließ sich auf den Boden sinken.

Und jetzt? Unschlüssig drehte er das Feuerzeug in der Hand. Da war ein Hebel, wie bei jedem anderen Feuerzeug auch. Und die Hexe hatte offenbar mit den Biestern geredet.

Auf allen Vieren krabbelte er aus dem Gebüsch. Er atmete ein paar Mal tief durch und betätigte den kleinen Hebel. *Hoffentlich sind diese Viecher sprachbegabt.*

Es dauerte keine drei Herzschläge und einer der Hunde tauchte wie aus dem Nichts vor ihm auf. Instinktiv griff Bruno zu dem Amulett an seinem Hals. Der Hund fixierte ihn mit seinen riesigen Augen. *Keine Panik, das Amulett wird dich schützen.* Wie eine mächtige Beschwörungsformel wiederholte Bruno diese Worte. Der Hund musterte ihn immer noch. *Na los, gib ihm schon einen Befehl.*

„G... geh und hol mir Gold aus dem Baum!", befahl er.

Tatsächlich drehte sich der Hund um und verschwand. Bruno sackte erleichtert in sich zusammen. Kurze Zeit später kehrte der Hund mit einem großen Sack zurück, den er direkt vor Brunos Füße fallen ließ. Gerade noch rechtzeitig machte Bruno einen Satz zurück, sonst hätte er sein erstes neu erworbenes Gold gleich für einen Heiler ausgeben müssen. Der Hund saß vor dem Sack und sah ihn an wie ein dressierter Labrador, der seinem Herrn gerade ein Stöckchen apportiert hatte.

„Braves Hündchen", stammelte Bruno. *Ich fass es nicht, es hat geklappt.* Fast hätte er dem riesigen Biest über den Kopf gestreichelt. Er sah dem Hund immer noch nach, als dieser längst wieder im Baum verschwunden war. Schließlich warf er sich den Sack über die Schulter und machte sich fröhlich pfeifend auf den Rückweg in die Stadt.

Ein paar Tage später schlenderte Bruno über Pagams großen Marktplatz im Zentrum der Stadt. Was es hier nicht gab, gab es nirgends. Aus allen Teilen des Königreiches kamen die Händler hierher, um Kostbares und Köstliches feilzubieten. Bruno juckte es in den Fingern, seine Börse zu leeren. In seinen besten Anzug gekleidet, die Stiefel blitzblank geputzt, stolzierte er von einem Stand zum anderen. Dabei schaute er immer wieder nach links und rechts, um sicherzugehen, dass man ihn auch wahrnahm.

„Auf Freiers Füßen, werter Herr?", begrüßte ihn eine füllige Blumenhändlerin.

„Nichts dagegen einzuwenden, meine Dame. Warum fragen Sie?", entgegnete er und zog eine Augenbraue hoch.

„Sie sind noch nicht allzu lange in dieser Stadt, was?", gab die Frau zurück und machte ein Gesicht, als hätte sie soeben eine besonders knifflige Schlussfolgerung gezogen. „Jeder Mann im heiratsfähigen Alter hofft in diesen Tagen, einen Blick auf die Prinzessin zu erhaschen." Ihre Körperhaltung zeigte deutlich, dass sie wusste, wie die Dinge im Königreich liefen.

„Kein Interesse", winkte Bruno ab und und befingerte eine Rose.

Die Händlerin beugte sich vor und gab Bruno einen tiefen Einblick in ihr Mieder. „Es heißt, sie würde eines Tages einen gewöhnlichen Mann heiraten."

„Einen Soldaten", setzte sie nach, als die erwünschte Wirkung ausblieb.

„Einen Soldaten?"

„Oh ja", betonte die Händlerin. „Sie können sich sicher vorstellen, wie erschrocken König Karl war. Der Seher wurde gehenkt, noch am selben Tag. Seitdem durfte Prinzessin Anna den Palast nicht mehr verlassen, das arme Ding. Dabei soll sie so ein hübsches Mädchen sein."

Schlagartig verlor Bruno das Interesse an dem Markt. Das hier war interessanter. Viel interessanter. Gedankenverloren ging er zum Gasthof zurück und vergaß dabei sogar seine erhabene Haltung. *Eine hübsche Prinzessin, von ihrem eigenen Vater eingesperrt. Ich habe so viel Gold und Macht wie niemand sonst in diesem Königreich. Prinzessin Anna wird das Sahnehäubchen auf meinem Kuchen sein.*

Schlaflos wälzte Bruno sich im Bett hin und her. Wie sollte er es schaffen, an die Prinzessin heranzukommen? Allein wäre das sicher nicht möglich.

Ob ihm vielleicht die Hunde helfen könnten? Er schüttelte den Kopf. Nein, diese riesigen Viecher bewegten sich nicht gerade wie Balletttänzerinnen.

Und selbst wenn es so ein Biest schaffen würde, unbemerkt in die Stadt zu kommen. Bis in den Palast würde der Hund niemals vordringen können. Es sei denn ... Brunos Augen weiteten sich. Es sei denn, die Hunde hatten mehr Fähigkeiten, als er ahnte. Immerhin hatte das Biest auch nur wenige Sekunden gebraucht, um aus dem Baum aufzutauchen als er das Feuerzeug das erste Mal betätigt hatte. *Käme auf einen Versuch an.*

Er wartete bis Mitternacht und rief dann einen der Hunde. Es funktionierte tatsächlich, selbst auf so eine große Entfernung. Wenige Sekunden später tauchte eines der Biester einfach so in seinem Zimmer auf. Bruno wäre fast das Feuerzeug aus der Hand gefallen.

„Bring mir die Prinzessin aus dem Palast, aber achte drauf, dass dich keiner sieht! Gib ihr dieses Pulver hier, damit sie nicht aufwacht", befahl er mit fester Stimme. Inzwischen vertraute er der Macht seines Amuletts, die Biester machten ihm keine Angst mehr. Das Schlafpulver hatte er von einer mickrigen Kräuterhändlerin auf dem Markt erstanden. Hoffentlich wirkt es auch.

Gehorsam verschwand der Hund und kehrte kurz darauf mit der friedlich schlafenden Prinzessin auf dem Rücken zurück. Bruno legte sie sanft auf das Bett und betrachtete sie. Die Marktfrau hatte nicht übertrieben.

Wie ein goldener Schleier umhüllte ihr Haar das schmale blasse Gesicht. So lieblich anzusehen, und so unschuldig.

Zögerlich und vorsichtig, als wäre sie aus Seidenpapier, küsste er sie auf den zarten Mund. Der leichte Duft von Aprikosen umhüllte ihn und zog ihn in ihren Bann. Über das lautstarke Schnarchen der liebreizenden Prinzessin sah er dabei großzügig hinweg.

Auch in den folgenden vier Nächten ließ er Prinzessin Anna schlafend zu sich bringen. Jedes Mal küsste er sie auf die weichen Lippen und umspielte ihre kleinen festen Brüste, die sich durch das hauchdünne Nachthemd deutlich abzeichneten. „Du wirst mir gehören. Ich weiß noch nicht, wie und wann, aber du wirst mir gehören", flüsterte er mit zusammengepressten Lippen. Die aussichtslose Liebe machte ihn so blind, dass er das kleine reisgefüllte Säckchen auf ihrem Rücken in dieser Nacht nicht bemerkte.

Am nächsten Morgen wurde er unsanft von vier riesigen Bütteln geweckt, die ihn aus dem Bett rissen und in den Kerker schleiften. Er hatte keine Chance. Säbel und Feuerzeug blieben unerreichbar in der kleinen Kammer zurück. Offensichtlich konnten sich die Hunde doch nicht so unauffällig fortbewegen, wie er gehofft hatte.

In seiner winzigen Zelle ließ er sich verzweifelt auf einen Schemel fallen und verbarg sein Gesicht in den Händen. Man würde ihn hängen. Wenn er doch nur sein Feuerzeug hätte.

Panische Schreie ertönten von draußen. Bruno schreckte aus seinen Gedanken auf und rannte zum Fenster. Überall auf dem Marktplatz rannten die Leute in Panik davon. Unweit vom Kerker ließ ein Wachmann seine Muskete fallen und lief um sein Leben. Eines der Hundebiester tauchte plötzlich neben ihm auf, biss zu und der Wächter sackte regungslos zusammen. Was ging hier vor?

Vor dem Kerkerfenster auf dem Boden lag ein weiterer Wachmann. Bruno erkannte ihn, es war Hans, ein Kumpel, mit dem er die letzten Abende immer Skat gespielt hatte. Hans atmete nicht mehr. Neben ihm lag das Feuerzeug. Offensichtlich hatte er es benutzen wollen. So ein Idiot.

Ein Ruck ging durch den leblosen Körper, und Hans erhob sich langsam.

Bruno traute seinen Augen nicht. Mit wildem Blick und gurgelnden Lauten wankte Hans auf das Kerkerfenster zu und versuchte, Bruno zu berühren. Bruno trat einen Schritt zurück und starrte auf den Auferstandenen.

Was zum Teufel war hier los? Der Mann war tot, eindeutig tot. Er atmete ja nicht einmal mehr!

Als Hans einsah, dass er Bruno nicht erreichen konnte, drehte er sich um und wankte mit steifen Schritten zum Marktplatz. Dort herrschte inzwischen das absolute Chaos, da sich zu den umherhetzenden Hunden noch mehrere Untote gesellt hatten. *Ich muss hier raus. Jetzt.* Bruno rüttelte an den Gitterstäben des Fensters. *Keine Chance.*

Ein lauter Knall, gefolgt von einem Scheppern. Das war die Zellentür!

Bruno fuhr herum und stand Auge in Auge mit einem dieser Hundemonster. Er konnte den warmen fauligen Atem auf seinem Gesicht spüren. So also sah sein unrühmliches Ende aus. Bruno schickte ein Stoßgebet zum Himmel. Und dann ... drehte sich der Hund einfach um und rannte davon. Das Amulett. Er trug es ja noch immer um den Hals! Das hatte er ganz vergessen. Seine Beine gaben nach, und er musste sich an der Wand abstützen.

Nur raus hier. Er stürzte aus der Zelle und rannte. So schnell wie er noch nie in seinem Leben gerannt war. Wohin war egal, nur weg. Ein Blick über die Schulter. Keiner folgte ihm. Er schöpfte Hoffnung. Da war das Stadttor. Er blieb so abrupt stehen, als wäre er gegen eine unsichtbare Wand gelaufen. Die Prinzessin. Auch sie war in Gefahr! Und das nur seinetwegen.

Was sollte er tun? Er musste sie retten. Aber er hatte Angst. Es war bestimmt schon zu spät. Er rannte weiter zum Stadttor. Blieb stehen.

Und wenn nicht? Er drehte um. Blieb wieder stehen. *Ich liebe sie, erkannte er überrascht. Ich MUSS sie retten.* So schnell er konnte rannte er zur Stadt zurück.

Er schnappte sich einen herumliegenden Säbel und rannte vom Marktplatz den Berg hinauf Richtung Schloss.

Audiolog 40, Hospitalschiff Eobhar, Pilotin Nhola

Dieser Barbar hat mir eins über den Schädel gezogen! Und den UX3 geklaut. Neun Tage habe ich gebraucht, um mir einen neuen

Kopf wachsen zu lassen. Was für ein Anfänger. Nicht mal einen Totschlag kriegt der hin. Hoffentlich hat der Trottel keinen weiteren Blödsinn gemacht.

Audiolog 40 Ende

Über den Vorhof des Schlosses wankten zahlreiche untote Wachleute. Wie die Hunde wichen sie vor seinem Amulett zurück. *Zu viele. Sie ist verloren, ich bin zu spät*. Planlos rannte er ins Schloss. Riss jede Tür auf. Keine Spur von der Prinzessin.

Audiolog 41, Hospitalschiff Eobhar, Pilotin Nhola

Ich fass es nicht! Dieser Schwachkopf hat mit dem UX3 rumgespielt. Hier wimmelt es von Karboniden, und die Karbonnen spielen wilde Sau.

Ganz toll! Wie gut, dass der Transporter und die Kraftfeldkäfige wieder funktionieren.

Erstmal die Karbonnen wieder einsammeln, und dann darf ich hier den Aufräumdienst spielen. Entzückend! Zum Glück konnte ich einen zweiten Synapseninverter reparieren.

Audiolog 41 Ende

Eine Frau schrie. Sein Herz machte einen Freudensprung. Hoffentlich war das die Prinzessin. Es kam von oben. Ein paar Untote beiseite stoßend hastete er die Treppe hinauf. Da. Auf dem Balkon am Ende des Ganges.

Oh nein. Auf zwei Beinen aufgerichtet stand eines dieser Biester vor der verängstigten Prinzessin.

Er überlegte nicht lange, zog seinen Säbel und rannte laut brüllend auf das Ungeheuer zu. Dabei durchtrennte die Klinge die Kette des Amuletts und es fiel zu Boden. Gütiger Gott, nicht das Amulett, nicht jetzt! Keine Zeit es aufzuheben, denn in diesem Moment ließ das Vieh von der Prinzessin ab und stürzte sich auf ihn.

Mit all seiner Kraft hieb er auf den Hund ein, erfolglos. Eine Tatze verfehlte ihn nur um Millimeter. Das Biest bäumte sich auf. Es war vorbei. Er kniff die Augen zu.

Es geschah nichts. Gar nichts. *Was zur Hölle …* Vorsichtig öffnete er die Augen. Der Hund war noch da. Wie eine Eisstatue stand er bewegungslos mit erhobener Pranke vor ihm. Wie war das möglich? Und wo kam das laute Brummen her?

Audiolog 42, Hospitalschiff Eobhar, Pilotin Nhola

Die Karbonnen sind betäubt und wieder an Bord. Ich werde sie wieder in die Käfige sperren und dann die Atombombe vorbereiten. Was für ein Jammer, die armen Leute. Nur wegen diesem Idioten. Aber es muss sein, so kann ich das Dorf ja nicht … Ach du Scheiße, was machen die beiden denn hier?

Audiolog 42 Ende

Er war schon mal hier gewesen. Magische Lichter an den Wänden, fauliger Gestank, und die Haare standen einem zu Berge. Die Prinzessin klammerte sich zitternd an seinem Arm fest. Die hässliche Hexe aus dem Wald kam laut fluchend und erstaunlich beweglich auf ihn zugerannt.

Ungläubig starrte er die Hexe an. Er hatte ihr den Kopf abgeschlagen. Wie war das möglich? Ohne Anna und ihn zu beachten, stürmte die Hexe an ihnen vorbei. Erst jetzt bemerkte Bruno den Hund, der immer noch völlig bewegungslos hinter ihm stand. Instinktiv duckte er sich und zog die Prinzessin von dem Viech fort.

Die Hexe hantierte an ihrem Feuerzeug. Langsam erwachte der

Hund wieder zum Leben. Sie drängte ihn in eine Ecke des Raumes. Magische Wände aus Licht schossen aus dem Boden, als sie eine kleine rundeScheibe betätigte und schlossen das Viech ein. *Wie praktisch. Ob ich mir davon ein paar mitnehmen kann?*

An einem leuchtenden Tisch betätigte die Hexe mehrere runde Kreise und redete unaufhörlich. Bruno verstand kein Wort.

Audiolog 43, Hospitalschiff Eobhar, Pilotin Nhola

Die Karbonnen sind sicher in den Käfigen. Die Atombombe ist bereit zum Abschuss. So viele Unschuldige. Aber wenn ich die Untoten nicht vernichte, fallen sie über das ganze Land her.

Zu allem Übel muss ich jetzt auch noch Babysitter für die beiden Turteltäubchen an Bord spielen. Aber erst mal die Karboniden.

Audiolog 43 Ende

Die Hexe zeigte auf eine große Wand. „Das ist ... du würdest es als Fenster bezeichnen. Sieh zu, was du angerichtet hast!", krächzte sie in seiner Sprache.

Bruno sah zur Wand.

Mein Gott! Die Hölle hatte ihn verschluckt. Jeden Moment rechnete er damit, dem allmächtigen Schöpfer persönlich gegenüberzutreten.

Mit blankem Entsetzen starrte er in die sternenbedeckte Schwärze vor der sich eine komische blau-weiße Kugel zeigte, die ein Drittel der gesamten Wandfläche einnahm. Ein grausamer Gedanke nahm Gestalt an. Diese Hexe ... konnte Gott eine Frau sein?

Ein greller Lichtblitz tauchte auf der riesigen Kugel auf, gefolgt von einer großen grauen Wolke. Die Hexe beobachtete es mit tiefem Bedauern.

Sie musste Gott sein. Oder wahrscheinlicher, eine Dämonin aus der Hölle. Aber dann wären Prinzessin Anna und er ... tot. Seine Beine gaben nach und die Welt wurde dunkel.

Audiolog 44, Hospitalschiff Eobhar, Pilotin Nhola

Die Untoten sind ausgelöscht. Dem Hinterwäldler hat's die Beine weggehauen.

Was für ein Weichei.

Egal. Meine Arbeit ist getan. Ich kann endlich nach Hause. Vorher muss ich aber das Primatenpärchen loswerden.

Audiolog 44 Ende

Der Duft von frischem Moos stieg ihm in die Nase. Waren das Vögel? Verwirrt sah er sich um. Er lag mitten auf dem feuchten Boden einer Lichtung.

Keine Spur von der Hexe oder einem metallenen Baum, der in den Himmel eintauchen konnte. Er hatte fürchterliche Kopfschmerzen. War das alles nur ein Traum gewesen?

Eine Hand berührte ihn sanft an der Schulter. Er schrie und sprang zur Seite.

Die schönsten rehbraunen Augen, die er je gesehen hatte, blickten ihn an. Kein Traum. Ehe er etwas sagen konnte, küsste Prinzessin Anna ihn leidenschaftlich. „Mein Retter", hauchte sie und küsste ihn erneut.

Er begriff nicht, was geschehen war, aber Anna war da. Das allein zählte.

Audiolog 45, Hospitalschiff Eobhar, Pilotin Nhola

Habe die beiden Nervensägen in der Nähe einer Siedlung weit entfernt von dem verstrahlten Land abgesetzt. Nun geht's endlich nach Hause.

Audiolog 45 Ende

*

Bruno legte die Feder zur Seite und starrte auf die letzten Sätze des Briefes, den er seinem Paten schicken wollte.

Lieber Gevatter, hier endet meine Geschichte. Meine Gemahlin steht mit einem Besen in der Hand hinter mir. Wenn ich nicht den Hof kehre und danach die Fische ausnehme, hab ich die Hölle auf Erden. Irgendwie hatte ich mir die Ehe mit einer liebreizenden Prinzessin ganz anders vorgestellt.

Hochachtungsvoll,
Bruno Renger

Space-Dschin

Gerd Münscher

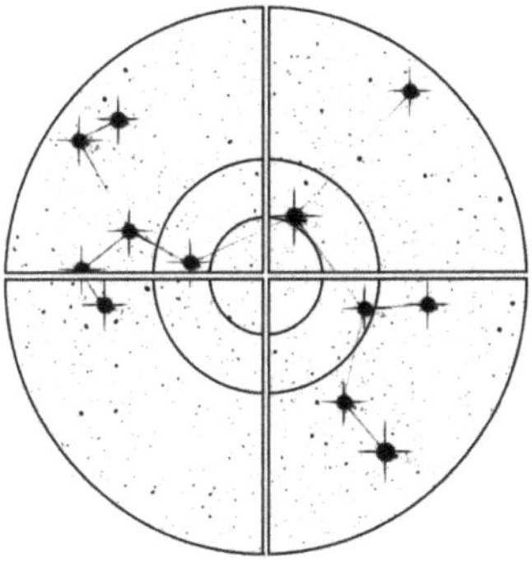

Space-Dschin

Das gab's doch nicht!

Ich schaute ungläubig auf den Holo-Schirm.

Hier konnte kein Schiff sein. Garantiert nicht. Genau genommen hätte es hier nicht einmal meines geben dürfen. Unerforschtes Gebiet.

Und ich wäre auch nicht hier gewesen, hätte ich es nicht ein wenig zu eilig gehabt, aus dem Orbit von Higgins Stern zu verschwinden, und dabei eine Koordinate um eine Zehnerstelle falsch eingegeben. Es hatte mich Tage gekostet, bis ich endlich herausgefunden hatte, wo genau in der Galaxis ich mich befand, und ich hätte mir fast vor Schiss in die Hosen gemacht, als ich es begriff. So weit draußen war vor mir noch keiner gewesen – zumindest keiner, der davon berichten konnte. Und auch ich würde nur mit viel Glück noch davon berichten können. Treibstoffmangel. Ich hatte ohnehin nicht mehr viel Plasma im Reaktor gehabt, und dieser verdammte lange Sprung hatte den Vorrat noch einmal drastisch verkleinert. Ich würde höchstens noch einen Sprung machen können, und unverschämt viel Glück brauchen, um damit bis zu einem bewohnten Planeten zu gelangen. Und mangels Bezugssterne flog ich dabei mehr oder weniger ins Blaue. Bzw., in meinem Fall, eher ins Schwarze, denn viele Farben gab es hier nicht.

Eigentlich war es pure Routine gewesen, die mich dazu getrieben hatte, vor dem Abflug aus dieser gottverlassenen Sternenleere noch kurz die Gegend zu scannen.

Und jetzt war da dieser Bliep. Ein kleines Echo im Scanner. Da, wo eigentlich nichts sein durfte. In zwanzig Lichtjahren um mich gab es keine Sonne, keinen Planeten, nicht einmal einen Irrläufer-Asteroiden.

Aber den Bliep. Metall. Und wenn ich den Scanner richtig interpretierte, Metall, das in dieser Kombination nicht natürlich vorkam.

Mit anderen Worten, ein zweites Raumschiff.

Und damit die Chance auf neuen Treibstoff.

Vielleicht.

Mit viel Glück.

Ich steuerte also das komische Ding an. Glauben Sie mir, in jeder anderen Situation wäre das so etwas wie ein Orion-Treffer in der Sternenlotterie gewesen. Ich starrte den Scan an. Dann öffnete ich das Sichtschott, um meinen Fund auch optisch zu begutachten.

Ein Ei. Einfach nur ein Ei. Mit einer Hülle aus purem Gold.

Zumindest schimmerte es golden, und der Molekular-Scanner gab als Zusammensetzung Gold an.

Und damit war es einwandfrei ein Alien-Schiff.

Ja klar, jedes Kind weiß, dass wir auf mehreren Planeten merkwürdige Ruinen gefunden haben. Hinterlassenschaften von diversen Alien-Rassen. Aber niemals einen Alien. Weder lebendig noch tot. Und niemals auch den den kleinsten Beweis, dass diese Aliens die Raumfahrt beherrschten. Bis heute. Ich hatte den Beweis gefunden.

Sollte es mir jemals gelingen, wieder in die Zivilisation zu gelangen, war mir ein Leben in Saus und Braus sicher. Die Universität von Terra 3 hatte eine Milliarde Kredits ausgesetzt für den Erstkontakt mit raumfahrenden Aliens.

Vorsichtig begann ich zu funken.

Acht Stunden später funkte ich immer noch, aber kein bisschen mehr vorsichtig. Ich funkte und scannte aus allen Rohren.

Nichts rührte sich. Das verdammte Ei spielte tot.

Es haute aber auch nicht ab. Irgendwie wirkte es, als ob es auf etwas wartete. Gut, es war ein Risiko, aber ich entschloss mich schließlich, direkt nachzusehen.

Vorsichtig bugsierte ich mein Schiff direkt neben das Ei. Da es nichts gab, an dem ich hätte anlegen können, verankerte ich mich mit dem Saugrüssel an der nächstbesten Stelle.

Nein, dieser dämliche Name ist nicht meine Erfindung. Den haben die Hirnis von Terra 3 so getauft, nach irgend so einem dämlichen ausgestorbenen Riesentier. In Wirklichkeit saugt die Rüsselschleuse natürlich nichts. Was auch, mitten im Vakuum. Sie stellt nur eine Verbindung her. Von Schiff zu Schiff, oder auch von Schiff zu Station. Meist mit Magnetankern. Aber da aus Kostengründen auf den Stationen oft Plastik eingesetzt wird, das nun einmal nicht magnetisch ist, arbeitet das Ding zusätzlich mit so einer Art Haftkleber.

Magnete hätten auch auf dem Gold nicht gehalten.

Ich wartete nicht lange, sondern schwebte gleich rüber. Den Laserschneider hatte ich mit. So etwas wie eine Schleuse hatte ich nämlich nirgends auf dem Ei gesehen, und rein wollte ich.

Was soll ich Ihnen sagen, der Laserschneider war vollkommen unnötig. In dem Moment, in dem ich die Hülle von dem Ei berührte, schien sie zu schmelzen. Eine unbekannte und auf jeden Fall erheblich fortschrittlichere Technik als unsere. Einen Mechanismus konnte ich nirgends erkennen. In weniger als drei Sekunden hatte sich ein runder Eingang gebildet, groß genug, dass ich bequem hindurch steuern konnte. Dahinter gab es eine Art Einstülpung. Ich schwebte hinein, und prompt schloss sich so etwas wie ein Schott hinter mir. Kurz darauf öffnete sich vor mir ein zweites. Dahinter beleuchtete meine Helmlampe einen irgendwie wurmförmigen Gang. Natürlich ebenfalls aus Gold. Und dann leuchteten Lichter vor mir auf. Automatische Lichter mit Bewegungssensor, die prompt hinter mir wieder erloschen. Vermutlich die bordeigene Notbeleuchtung.

Ich muss gestehen, ich atmete auf, auch wenn mir immer noch mulmig war. Das Ei hatte also auch Energie, die ich als solche identifizieren konnte. Hoffentlich von einer Quelle, die für mich nutzbar war. Ansonsten …

Luft gab es keine, weder atembar noch giftig. Vibrationen

von irgendwelchen Maschinen auch nicht. Wo war die Besatzung?

Eine halbe Stunde später war ich mir sicher, dass es keine Besatzung gab. Ich hatte das halbe Schiff durchkämmt, meine Nase in alle möglichen Räume gesteckt und war jetzt an einer Stelle angekommen, die vermutlich die Brücke war. Ein dicker Kabelstrang, der mitten im Raum aus dem Boden wuchs und in der Decke verschwand. Jede Menge Anzeigen und Konsolen, und dazu Bildschirme, die die komplette Umgebung ablichteten, inklusive meines Schiffes.

Aber kein Lebewesen. Nichts. Das Schiff musste auf Automatik laufen.

Mit einem sehr fähigen Bordcomputer allerdings. Irgendwie hatte er wohl meinen Luftvorrat analysiert. Zu meiner Überraschung fand ich, dass ich plötzlich von atembarer Luft umgeben war. Offenbar war dieser Automat als dienstbarer Geist programmiert. Ich war so begeistert, dass ich ohne langes Nachdenken den Helm öffnete.

Die Luft war gut, wenn auch irgendwie fade. Ich konnte ohne Probleme atmen.

Und jetzt zu meinem Hauptproblem. Wo hatte dieses Ei seine Energievorräte, wie konnte ich da ran, und konnte ich sie nutzen? So etwas wie eine Antriebs- oder Reaktorkammer hatte ich nämlich nirgends gefunden.

Ziemlich schnell hatte ich heraus, welche Bildschirme mir das Innere des Schiffes zeigen konnten. Sie reagierten auf Berührung, wenn auch nicht sehr zuverlässig. Es wurde besser, als ich mir einen Handschuh auszog und die Bildschirme mit der bloßen Hand berührte. Ein Problem, das unsere Computer auch hatten. Ich fühlte mich fast wie zuhause.

Nur dass die Bildschirme nicht mehr als die langweiligen leeren Räume zeigten, die ich bereits gesehen hatte.

Endlich fiel mir auf, dass in der Mitte des Raumes in der Säule aus Kabelgewirr so etwas wie ein Hohlraum war. Ich schob mich vorsichtig hinein. Heureka! Das musste so etwas wie der Kapitänsplatz gewesen sein! Da war ein weiterer, großer Bildschirm, der sich von den anderen deutlich unterschied. Sein ganzer Rand war von erhobenen Glyphen bedeckt. Wahrscheinlich so eine Art Kurzwahl, wenn man schnell auf etwas zugreifen musste. Die Glyphen waren rundlich, irgendwie organisch, fast wie Blüten.

So glatt, so samtig golden – ich hob die Hand und strich sacht mit dem Finger darüber. Es fühlte sich warm an.

Warm?

Ich riss meine Hand zurück, als ob ich mich verbrannt hätte.

Zu spät. Plötzlich ächzte, stöhnte, knarrte und knarzte es um mich herum, intensives blaues Licht flackerte auf, während das Geisterschiff zum Leben erwachte.

Mein Blick irrte zum Schott. Es war geschlossen. Glatt, fugenlos, fast eben mit der Wand. Ich sah es nur noch, weil ich wusste, wo es war. Und es rührte sich natürlich kein Stück, als ich voller Panik hinpreschte und versuchte, es zu öffnen. Scheiße, Scheiße, Scheiße! Hätte ich bloß meinen verdammten Raumanzug geschlossen gehalten und nichts angepackt!

Hektisch checkte ich meinen Status. Luft hatte ich hier. Aber die eingesteckten Notfallriegel reichten höchstens für zwei Tage, und, was noch schlimmer war, ich hatte kaum

Wasser im Anzugtank. Ich musste hier raus.

Aber egal, was ich versuchte, die Tür reagierte nicht. Ich kauerte mich auf den Boden, versuchte, mich zu konzentrieren. Wann war dieser ganze Schlamassel angefangen? Als ich eine der Glyphen im Kommandostand berührt hatte. Vielleicht konnte ich das dort auch wieder rückgängig machen.

Ich schlich also mit eingezogenem Schwanz zurück und begann, die Glyphen auszutesten.

Scheiße.

Nichts.

Egal, was ich berührte, der Bildschirm blieb leer und das Schott geschlossen.

Schließlich war ich so frustriert, dass ich mit beiden Händen auf dem Bildschirm einschlug und laut ein paar saftige Flüche herausbrüllte. *Vermaledeites Scheiß-Alienschiff!*

Und prompt erwachte der Bildschirm zum Leben. Gleichzeitig plärrte eine Automatenstimme los. Das heißt, plärren war nicht der richtige Ausdruck. Eher ein Geräusch wie ein Zahnarztbohrer, kombiniert mit gemahlenem Glas und garniert mit einer Schrottpresse. Ich musste mir die Ohren zuhalten.

Das Schiff plärrte weiter, immer wieder, mit Pausen, und offenbar in unterschiedlichen Sprachen, denn zwischendurch wurde die Schrottpresse erst durch ein Walzwerk abgelöst und dann durch jaulenden Sturmwind, untermalt mit ungestimmten Orgelpfeifen. Erst, als ich wimmernd in die Knie ging und mir verzweifelt die Ohren zuhielt, brach der Höllenlärm ab.

Als ich endlich wieder denken konnte und vorsichtig wieder hochsah, war der Bildschirm immer noch lebendig. Irgendwelche komischen Hieroglyphen, die mir absolut nichts sagten. Das heißt ... doch, sie sagten mir etwas. Zwei gleiche Glyphen kamen zu einem Paar zusammen, das dann durch eine neue Glyphe ersetzt wurde. Das Spielchen wiederholte sich. 1+1=2, 2+2=4, usw. Allen Mächten des Weltalls sei gedankt für die universelle Sprache der Mathematik. Die Bordelektronik hatte irgendwie gemerkt, dass ich Ausländer war, und versuchte sich in Basis-Kommunikation. Ich antwortete, indem ich mit dem Finger unsere eigenen Zahlen auf den Bildschirm schrieb. Ein berührungssensitives System, wie auf unseren eigenen Schiffen.

Der Bordcomputer dagegen, den ich ziemlich schnell auf den Namen Dschin taufte, war ganz sicher nicht wie auf unseren eigenen Schiffen. Der war besser. Viel, viel besser. Es dauerte keinen halben Standarttag, bis er die ersten Sätze in meiner Sprache zustande brachte. Und als ich soweit war, dass ich vor Müdigkeit fast im Stehen einschlief, konnte er sich bereits ziemlich fließend mit mir verständigen. Genug, um mich darauf aufmerksam zu machen, dass meine Körperfunktionen sich verändert hatten. Ich erklärte ihm mein Problem. Besser gesagt, meine Probleme. Müdigkeit und Flüssigkeitsmangel. Dschin lotste mich drei Räume weiter, wo in einer Wandnische eine Schale mit klarem Wasser auf mich wartete. So etwas wie Betten schien es hier nicht zu geben. Also legte ich mich einfach auf den Boden. Ich muss sagen, ich war äußerst angenehm überrascht, als der Boden unter mir plötzlich etwas nachgab und sich meinen Konturen anpasste. Ein Bett war das zwar immer noch nicht, aber zumindest hatte ich keine schmerzenden Knochen, als ich aufwachte.

Zum Frühstück gab es einen Notfallriegel und Wasser aus der wieder randvollen Schale. Eine Toilette brauchte ich mit Gott sei Dank nicht zu suchen, dafür hatte mein Raumanzug ein eigenes System. Natürlich hätte ich mich schon ganz gerne gewaschen, aber ich wusste nicht, wie groß oder klein die Wasservorräte auf diesem Schiff waren, und wollte nichts riskieren.

Also zurück zur Zentrale und zum Bildschirm. Jetzt wurde es ernst. Ich musste Dschin beibringen, was ich wirklich von ihm brauchte. Ich hoffte nur inständig, dass seine Programmierung Hilfeleistungen für Aliens vorsah.

Vorsichtig brachte ich das Energie-Problem zur Sprache. Dschin reagierte irritiert. Er konnte mit meiner Aussage nichts anfangen. Energieproblem? Was für ein Energieproblem? Es war doch genügend Energie da!

Bei mir nicht. Ich versuchte, ihm zu erklären, was für ein Energiesystem ich nutzten. Ich sage es Ihnen, es dauerte glatte fünf Stunden, bis er kapiert hatte, dass wir immer noch mit primitiver materieller Energie arbeiteten. Ich kam mir vor wie ein Höhlenmensch, der versucht, in einem Computerladen eine Steinaxt zu erwerben.

Das Ende vom Lied war, dass Dschin mit einem Laut, den ich nur als Stoßseufzer interpretieren konnte, meine Speichertanks auffüllte. Sagte er zumindest, denn ich war ja immer noch auf seinem Schiff und konnte nicht sehen, was sich auf meinem tat. Die Bildschirme hier zeigten es schließlich nur von außen.

„Kann ich jetzt zurück?“, fragte ich schließlich.

Dschin zögerte merklich. „Ja“, sagte er dann nur.

Jetzt war es an mir, einen Stoßseufzer auszustoßen. Da hatte ich die ganze Zeit geglaubt, hier eingeschlossen zu sein, und hätte ganz offensichtlich nur zu fragen brauchen, um jederzeit das fremde Schiff wieder verlassen zu können.

„Fein“, murmelte ich, sammelte meine Handschuhe wieder ein und bewegte mich in Richtung Gang. „Jetzt muss ich nur noch die richtigen Koordinaten finden.“

„Warum hast du das nicht gleich gesagt!“, erwachte ein höchst erfreut, ja geradezu begeistert klingender Dschin zu neuem Leben. „Ich bin darauf spezialisiert, Raumschiffe zu leiten. Gib mir deine Ziel-Spezifikationen, und ich gebe dir einen Leitstrahl!“

Ich stand wie vom Donner gerührt. „Du bist hier, um Raumschiffe zu leiten?“

„Ja.“

„Seit wann?“

„Nach deiner Zeitrechnung seit 6784 Jahren, 277 Tagen, 521 Minuten, 58 Sekunden.“

Wenn ich nicht in meinem Raumanzug gesteckt hätte, hätte ich mir in diesem Moment in die Hosen gemacht. Fast 7000 Jahre? Und die Technik hier funktionierte immer noch? Verdammt, mein Flugschlitten hatte nicht mal achtundzwanzig Jahre gehalten! Und hieß das, dass seit rund 7000 Jahren hier irgendwelche Aliens herumschwirrten, von denen wir überhaupt nichts mitbekommen hatten?

„Wieviele Schiffe leitest du denn so in einem Jahr meiner Zeitrechnung?“, tastete ich mich behutsam vor.

„Keines.“

„Keines?“ Ich war wie vor den Kopf geschlagen. Kein einziges Schiff? Zudem – irgendwie hatte Dschin traurig geklungen, soweit man das von einer Maschine überhaupt sagen konnte.

„Es ist kein einziges gekommen. Bis du hereinkamst.“

„Aber ... warum?“

„Sie sind zu spät gestartet.“

Ich kehrte mit weichen Knien zur Hauptsäule und dem Bildschirm zurück. „Das musst du mir näher erklären.“

Und er tat es.

Die Rasse, die ihn erschaffen hatte, existierte nicht mehr. Ausgelöscht, verbrannt von einer Nova.

Sie hatten ihre Welt evakuieren wollen, sogar schon einige passende Planeten gefunden, und auf dem Weg dorthin dieses Raumei als eine Art kosmisches Leuchtfeuer installiert. Aus welchem Grund die Evakuierungs-Flotte zu spät startete, wusste Dschin nicht. Fakt war, dass kein einziges ihrer Schiffe es geschafft hatte, den tödlichen Strahlen zu entgehen. Dschin hatte gewartet. Und gewartet. Irgendwann waren die Strahlen der Nova auch hier angekommen, und er hatte gewusst, dass er umsonst wartete. Aber er war eine Maschine. Dazu verdammt, eine Aufgabe zu erfüllen. Und solange niemand da war, der ihm diese Aufgabe stellte, schlief er in seiner goldenen Hülle.

Aus der ich ihn mit einer Berührung meiner Hand geweckt hatte.

Und jetzt hatte ich einen dienstbaren Geist, der ausgesprochen erfreut war, endlich etwas zu tun zu kriegen. Der mich geradezu darum anbettelte, zurückzukommen und ihm weitere Aufgaben zu geben.

Natürlich versprach ich nichts. Schließlich wollte ich nur hier weg und wieder in bewohnte Quadranten.

Was soll ich Ihnen sagen?

Ich kriegte tatsächlich einen Leitstrahl. Bis nach Terra 3. Keine Ahnung, wie Dschin den Kontakt hielt, aber irgendwie erschienen alle notwendigen Informationen auf meinem Bildschirm, ganz egal, wie weit weg von ihm ich war.

Ich wollte natürlich die versprochene Belohnung für den Erstkontakt mit einer anderen raumfahrenden Rasse einkassieren. Tja, denkste. Die Terra-3-Hirnis verstehen sich aufs Haarespalten. Da diese andere Rasse nicht mehr existiere, somit auch kein Kontakt möglich sei, hätte ich die Anforderungen für die ausgesetzte Belohnung nicht erfüllt. Ich bekam nicht einen müden Solar.

Aber da waren immer noch Dschin und das, was ich von ihm erfahren hatte. Er kannte die Koordinaten mehrerer bewohnbarer Planeten. Und er war geradezu wild darauf, mir zu Diensten zu sein.

Auch ohne die Prämie war ich ein reicher Mann. Es gab mehr als genug Menschen, die bereit waren, mich fürstlich zu bezahlen für eine neue Heimat. Dschins Leuchtfeuer machte mich zum reichsten Mann der bewohnten Galaxis. Und er hat jetzt endlich den Job, für den er gebaut wurde. Er weist Heimatsuchenden den Weg zu neuen Welten.

P.S.:

Sie fragen sich sicher, weshalb ich den Bordcomputer ausgerechnet Dschin nannte? Ganz einfach. Meine Oma stammte von Terra1, jener fast schon mythischen Welt, auf der angeblich die Menschheit entstanden ist. Sie hatte ein Buch, ein Erbstück ihrer Familie, so ein richtiges aus Papier. Es fiel fast beim Anpacken auseinander, aber sie hat uns Kindern trotzdem manchmal daraus vorgelesen. Aladdin und die Wunderlampe hieß es. Und als ich die goldene Kante des Bildschirms streichelte und die fremde Bordelektronik dadurch wieder zum Leben erweckte, da war es fast so, als hätte ich einen Geist gerufen. So wie Aladdin diesen Dschin in der Wunderlampe.

Das Däumelinchen-Experiment

Roselinde Dombach

Das Däumelinchen-Experiment

Vielleicht hätten wir doch lieber einen Hund anschaffen sollen.

Klar, hinterher ist man immer klüger, aber dass diese Sache sich so entwickeln würde, hätte mit Sicherheit niemand auch nur geträumt.

Welche Sache, fragen Sie?

Stimmt, Sie kennen die Vorgeschichte nicht! Wie auch, war ja alles streng geheim, eigentlich nicht mal erlaubt, und ... doch ich glaube, ich erzähle lieber von Anfang an, immer hübsch der Reihe nach.

Begonnen hatte alles damit, dass ich an der Uni ein sehr hübsches Mädchen kennenlernte und mich unsterblich verliebte.

Nun ist das bekanntermaßen weder unüblich noch geheim. Wenn man aber bedenkt, dass ich damals nur ein dicklicher, mit vielen Pickeln, aber dafür wenig Haaren versehener Biologiestudent war, verwundert zumindest die Tatsache, dass meine Zuneigung erwidert wurde. Das geschah zwar erst später, nach meinem Studienabschluss „Summa cum laude“, der mir einen hochdotierten Job bei einem bedeutenden Genforschungsinstitut eintrug, aber manche Menschen brauchen eben etwas länger, bevor sie sich über ihre Gefühle im Klaren sind.

Kurzum, nach meiner Einstellung bei BIO-GENESIS und der Promotion heiratete ich Yvonne. Wir zogen in eine bescheidene, aber gediegene Villa mit Garten, und unserem lebenslangen Glück schien nichts mehr im Wege zu stehen.

Da ich neben dem Zuviel an Pickeln und dem Haarmangel auch noch über eine ansehnliche Portion Intelligenz verfüge (Bescheidenheit verbietet mir, es Genialität zu nennen), war es nur eine Kleinigkeit, mittels meines überragenden Geistes sowie der Hilfe von BIO-GENESIS Haut und Haare in einen ansehnlichen Zustand zu versetzen. Den Rest besorgten eine strenge Diät und ein Fitnesstrainer.

Wie gesagt – Yvonne und ich waren überaus glücklich.

Aber wie es so schön heißt: Wird dir ein Herzenswunsch erfüllt, bekommt der augenblicklich Junge.

So auch bei uns. Nachdem die materiellen Bedürfnisse meiner geliebten Gemahlin weitestgehend befriedigt waren, wünschte sie sich nichts mehr als – Sie erraten es bereits – ein Kind.

Nun wäre das ja an und für sich auch kein Problem, doch Yvonne hatte da so ihre eigenen Vorstellungen.

Um ein Baby in den Armen halten zu können, musste man erst mal schwanger werden. Schwanger sein bedeutet jedoch neben Morgenübelkeit, Verzicht auf Sekt und Zigarillos und nicht zuletzt Gewichtszunahme. Ob man die gewonnenen Kilos anschließend spurlos wieder verlieren würde, war ebenfalls fraglich.

Alles in allem ein Umstand, der bei meiner geliebten gertenschlanken Gemahlin nicht gerade Begeisterungsstürme auslöste.

Sie dachte auch tiefgründig darüber nach, was nach einer Geburt(„Oh Gott, Frank, was dabei schon alles schiefgehen kann!“) auf uns, speziell also auf sie, zukommen könnte.

Das Kind stillen („Oh Gott, Frank, nein! Mit Hängebrüsten ziehe ich mich nicht mal vor *dir* aus ...!“ – Äh, vor wem sonst?), niemals! Dann noch schlaflose Nächte, volle Windeln – das ging so nicht. Nie, never, nicht in diesem Leben.

Und so weiter, zunehmend rat- und ausweglos, bis meiner Liebsten plötzlich DIE Idee in ihr süßes Köpfchen schoss.

Als sie mich mit ihren wundervollen himmelblauen Augen auf einmal durchdringend fixierte, schwante mir zum ersten, aber beileibe nicht letzen Mal nichts Gutes.

Ich sollte mich nicht getäuscht haben.

Zögernd, mit gezielt eingestreuten, unschuldigen Augenaufschlägen, erinnerte mich meine Holde ganz lieb an die Möglichkeiten, die mein Beruf uns bieten könnte, wenn wir (mit „wir“ war wieder nur Yvonne gemeint – ich wäre mit einem normalen, konventionell gezeugten Sprössling mehr als zufrieden gewesen.) diese Möglichkeiten in vollem Umfang zu nutzen bereit wären.

Einwände der Art, das könne eventuell unethisch oder illegal sein, wurden gekonnt ignoriert.

Im Gegenteil, meine Gattin schwärmte sogar von einem ganz speziellen Objekt ihrer Begierden.

„Das wäre ein richtiges Märchen! Ich liebe Märchen, und für uns könnte vielleicht sogar eines wahr werden. Wenn du nur wolltest. Kennst du zum Beispiel Däumelinchen? Das kleine, süße Mädchen, aus einer Blume geboren, in Blütenblätter gekleidet, wunderhübsch anzusehen und mit glockenheller Stimme singend – Däumelinchen, Melina, Linchen ... oh Frank, mach mir ein Däumelinchen, *mein* Däumelinchen, BITTE!“

Oh wie gern hätte ich ihr ein Däumelinchen gemacht, auf die altbewährte, erfreuliche Art, jedoch – lassen wir das. Wenn Yvonne etwas wirklich will, kann sie sehr überzeugend sein.

Also gab ich nach ufer- und fruchtlosen Diskussionen dem Haussegen zuliebe resigniert auf und verzog mich in mein privates Labor.

Ich will hier niemanden mit Einzelheiten über Gentechnik, DNS, gezielte Mutationen oder Ähnliches langweilen, ich versichere nur allen, die jetzt möglicherweise Lust auf Nachmachen bekommen: Lasst es bleiben! Glaubt mir, ich weiß, wovon ich rede!

Dabei sind weniger die Fehlschläge das Problem ... aber auch dazu will ich mich nicht äußern.

Wichtig war letztendlich allein das Ergebnis.

Nach monatelangen Berechnungen, komplizierten computergenerierten Modellen und dem einen oder anderen Testlauf konnte ich endlich meiner bereits ungeduldig hibbelnden Gemahlin unsere Tochter nach Hause bringen – Linchen, von Melina, dem Däumelinchen aus dem Märchen.

Sie war zwar aus praktischen Erwägungen nicht gar so winzig wie ihr literarisches Vorbild, aber – und das muss ich bei aller Bescheidenheit erwähnen – sie war perfekt.

Ich hatte sie als Halbwüchsige, irgendwo zwischen Kind und Teenie, angelegt, denn so entfiel schon mal der Aufwand für Säuglings- und Kleinkinderpflege. Laufen, Sprechen und Schulausbildung brachten ihr spezielle Programme gewissermaßen im Schlaf bei, so dass Linchen vollkommen problemlos in unsere kleine Familie integriert werden konnte.

Aufwändiges, sogar luxuriöses Equipment stand in Form eines geräumigen Zimmers mit Terrasse, integriertem Wohnhaus und Pool bereit. Für das kleine Wesen, das nur knapp halb so lang war wie eine Barbie-Puppe, musste es geradezu wie ein Palast wirken.

Nun fehlte nur noch die Hauptperson.

Für Yvonne und als Hommage an ihr Lieblingsmärchen hatte ich eine große, seidene Pfingstrosenblüte besorgt, in der Linchen bei ihrer Ankunft im neuen Heim sanft schlummerte.

Mit angehaltenem Atem öffnete meine Gemahlin vorsichtig und voll gespannter Erwartung den Geschenkkarton.

Da lag es nun, unser Töchterlein. Honigblonde Locken ringelten sich auf den Blütenblättern, lange schwarze Wimpern warfen zarte Schatten auf ihr kleines, rosiges Gesicht, ein üppig berüschtes Spitzenhemdchen umhüllte die zierliche Gestalt, und die vollen Lippen verzogen sich im Schlaf zu einem süßen Lächeln.

Wie gesagt – sie war perfekt.

Ein hingerissenes Seufzen lenkte meine Aufmerksamkeit von unserer niedlichen Tochter ab.

Mit tränenverhangenem Blick schaute mich Yvonne glücklich an.

„Ich danke dir. Ich danke dir so sehr!“, flüsterte sie und

streckte die Hand aus, um Linchen zärtlich über die rundliche Wange zu streichen.

Das kleine Mädchen reagierte auf die Berührung, indem es die Augen aufschlug. Und plötzlich ...

„Aaaua!“ Fassungslos hielt meine Frau ihren blutenden Zeigefinger in die Höhe.

„Sie ... sie hat mich gebissen!“, stammelte sie.

Automatisch zog ich ein Tempo aus der Jackentasche und hielt es ihr hin. Erst dann erfasste ich, was hier gerade geschehen war.

„Linchen, Kind, was ...“, stotterte ich und deutete anklagend auf meine verletzte Gattin.

Das Kind, das sich inzwischen aufgesetzt hatte, blinzelte ein wenig verschlafen, hob beiläufig eine winzige Schulter und erwiderte mit glockenzarter Stimme: „Sie hat mich erschreckt, na und?“

Yvonne klagte aufgebracht, wenn auch nicht mit ganz so zarter Stimme: „Na und? Ich bin deine Mutter, und du hast mich verletzt!“

Melina gähnte hingebungsvoll und erwiderte: „Deshalb musst du mich doch nicht gleich aufwecken. Selber schuld, Mom. Außerdem will ich noch bisschen schlafen.“

Sprach’s, gähnte erneut und kuschelte sich unter die seidenen Blütenblätter.

Die Miene meiner Frau sprach Bände, und es waren garantiert keine romantischen Geschichten, die dort geschrieben standen. Stumm und verwirrt folgte ich ihr und ihrem nach draußen weisenden Zeigefinger, an dem immer noch ein Tropfen Blut hing.

Auf dem Korridor fuhr Yvonne herum und zischte wütend, aber mit verminderter Lautstärke: „Kannst du mir sagen, was das sollte? Ich dachte, unser Kind würde lieb und süß und ... und ...“ Sichtlich nach Worten suchend, rang sie krampfhaft nach Luft und gab schließlich resigniert abwinkend auf. Enttäuschung zeichnete sich auf ihrem Gesicht ab, wechselte zu Ratlosigkeit.

„Frank, was ist passiert?“, fragte sie drängend. „War das nur ein einmaliger Ausrutscher, weil sie erschrocken ist oder wird sie immer so ... so gefährlich sein?“

„Nun übertreib doch nicht gleich“, versuchte ich sie zu beruhigen. „Die neue Umgebung, dann war sie noch gar nicht richtig wach, und das alles kann so ein kleines Wesen ziemlich irritieren.“ Ich streichelte Yvonnes Arm und brachte sogar ein, wenn auch etwas gezwungenes, Lachen zustande. Aber in meinem Inneren erwachte eine schreckliche Ahnung.

Wie ich bereits erwähnte, war unser Däumelinchen kein gewöhnliches Kind – und das in vieler Hinsicht. Zusammengebastelt aus dem Zellmaterial von Yvonne und mir, dazugemixt ein paar Prisen anderer DNS für die geringe Größe und noch einige Eigenschaften, die ich für vorteilhaft hielt, ergab sich ein Wesen, dessen wahre Natur ich im Grunde kaum erahnen konnte. Wenn ich heute über alles nachdenke, hätte ich damals lieber versuchen sollen, Yvonne die ganze Sache auszureden, aber hinterher weiß man's ja meistens besser.

Kurz gesagt: Einige der vorangegangenen Experimente hatten, besonders was die Psyche meiner Schöpfungen betraf, recht bedenkliche Ergebnisse gezeigt. Obwohl diese am

Ende meiner Meinung nach zufriedenstellend korrigiert worden waren – ein Rest von Zweifel blieb.

Am nächsten Morgen schien sich dieser allerdings völlig in Rauch aufzulösen.

Linchen, frisch und ausgeschlafen, erkundete begeistert ihren neuen Lebensraum, rannte wie ein Wirbelwind durch die Zimmer ihres Puppenheims, tobte über die Terrasse, hechtete in den Pool und begleitete das Ganze mit lautstarken Juchzern und überschwänglichen Dankeschöns für Yvonne und mich.

Erst lange nach dem Abendessen schlief sie auf dem Schoß ihrer Mutter ein und wurde vorsichtig und fürsorglich in ihr Schlafgemach befördert.

Die nächsten Tage waren erfüllt vom Lachen und Jubeln unserer winzigen Tochter, und die seeligen Blicke, die Yvonne mir in einem fort zuwarf, ließen nichts als Glück in meinem Herzen blühen und gedeihen.

Damit Melina Gesellschaft hatte, brachte Yvonne aus der Haustierboutique ein junges Backenhörnchen angeschleppt. Linchen nahm den kleinen Nager sofort in Beschlag. In der nächsten Nacht teilten sich die beiden bereits ihr Himmelbett. Und etwa eine Woche später entdeckte ich, dass unser Kind über Fähigkeiten verfügte, die ich so weder programmiert noch vorausgesehen hatte.

Es war spät geworden, und ich stand mit einem letzten Drink auf dem Balkon, als ich von der nebenan gelegenen Terrasse seltsame Geräusche vernahm.

Eine Art Zwitschern, Trillern und Quietschen – ich konnte es absolut nicht einordnen.

Möglichst lautlos schlich ich näher. Und dann knallte mir der Unterkiefer ungebremst auf's Brustbein.

Linchen und Backenhörnchen Tweezle lagen aneinander gekuschelt neben Linchens Pool auf einem Mini-Polsterbett, guckten in den Sternenhimmel und – unterhielten sich.

Ja, wirklich! Tweezle piepste etwas, worauf meine Tochter breit grinste und mit Tönen, die klangen wie eine Mischung aus Sperling und Blockflöte, antwortete. Dann kicherten die beiden hingebungsvoll, und ich schwöre, dass ich genau erkennen konnte, wie das Hörnchen seinen klitzekleinen Ellenbogen in Linchens Seite stupste, worauf sich das Mädchen vor Lachen krümmte.

Still und leise, so wie ich gekommen war, machte ich mich davon. In meinem Kopf herrschte heilloses Durcheinander, aus dem sich erst nach einiger Zeit die Erkenntnis manifestierte, dass die Sache mit der Genmanipulation doch erheblich vielschichtiger und eventuell auch gefährlicher sein könnte, als ich in meiner grenzenlosen Naivität angenommen hatte.

Abwechselnd überlief es mich heiß und kalt, als mir nach und nach weitere mögliche Folgen meines Experimentes einfielen. Schließlich wusste ich genau, welche Eigenschaften ich für unser kleines Mädchen ausgewählt hatte. Dass sie in der Lage sein könnte, mit Tieren zu kommunizieren, war definitiv nicht dabei gewesen.

Aber wie das allgemein meist der Fall ist, legte sich auch in meinem Schädel das Tohuwabohu. Was war denn so schlimm daran, dass Melina sich mit ihrem Nagerkumpel verständigen konnte? War es nicht viel eher ein Segen, ein Wunder gar?

Und eigentlich konnte ich doch superstolz sein, meiner süßen kleinen Tochter diese Fähigkeit mitgegeben zu haben.

Vorsorglich beschloss ich dennoch, Yvonne erst einmal nicht zu informieren. Vielleicht käme sie ja früher oder später von selbst darauf.

Nach einem zusätzlichen Schlummertrunk ging ich also – zumindest offiziell beruhigt – ins Bett.

Die Ruhe sollte nicht lange anhalten.

Dass Linchen sich außergewöhnlich schnell vom Kind zum Äquivalent eines Teenagers entwickelte, hatte ich erwartet. Yvonne zeigte sich davon sehr angetan, zumal die Kleine nun noch hübscher aussah.

Der einzige Wermutstropfen in diesem Kelch war, dass wir das wunderschöne kleine Geschöpf von der Außenwelt völlig abschotten mussten – wie gesagt, ich hatte das Projekt aus verständlichen Gründen streng geheim gehalten, und genehmigt hatte es deshalb auch niemand.

Also konnten weder meine Frau noch ich unser einzigartiges Kind stolz der Öffentlichkeit präsentieren. Und machte das schon Yvonne überhaupt nicht glücklich, so waren ihr Geschmolle und die halb vorwurfsvollen, halb auffordernden Blicke, die sie mir gelegentlich zuwarf, um mich vielleicht doch umzustimmen, nichts gegen Melinas Reaktionen.

Die begannen mit Fragen nach dem Warum.

„Mum, warum kann ich nicht mit dir zusammen shoppen gehen?"

„Mum, warum laden wir nie jemanden zu einer Party ein?"

„Warum gibt es hier keine anderen Mädchen wie mich,

Frank?“

(Sie nannte mich nie Dad oder Papa.)

„Warum darf ich niemals aus den Haus?“

Allein das war schon nicht gerade einfach zu beantworten. Dazu kam das Gefühl, dass Linchen unsere zum Teil ziemlich an den Haaren herbeigezogenen Begründungen kaum zu glauben schien oder zumindest wenig darüber begeistert war.

Aber durften wir ihr denn sagen, dass sie im Grunde das Produkt eines Märchentraums ihrer Mutter und damit auf der Welt einzigartig war?

Doch unsere Tochter war keineswegs naiv oder gar dumm, und so dauerte es nicht lange, bis sie sich einiges zusammengereimt hatte.

Danach wechselte sie von Fragen zu Forderungen.

Sie wolle aus ihrem „Goldkäfig“ heraus, die „richtige Welt“ kennenlernen, denn trotz ihrer minderen Größe sei sie ein menschliches Wesen wie andere auch und hätte somit die gleichen Rechte.

Da nutzte es wenig, wenn Yvonne und ich zu argumentieren versuchten, gerade weil sie so zart und fragil sei, müsse sie von dieser oft grausamen und brutalen Welt ferngehalten werden, und das geschehe doch alles nur zu ihrem Schutz – Melina war der Überzeugung, sie wäre ganz gut in der Lage, selbst auf sich aufzupassen. Wir, ihre Eltern, teilten diese Überzeugung nicht.

Die Diskussionen wurden hitziger, die Fronten verhärteten sich, und eines unschönen Abends schrie unsere Tochter außer sich vor Frust und Zorn, sie würde uns abgrundtief hassen und „es uns schon zeigen".

Dann verzog sie sich in ihre Räume und ließ sich nur noch blicken, um ihre Mahlzeiten aus dem Speisezimmer zu holen.

Wenn wir versuchten, mit ihr zu reden, funkelte sie uns nur böse an und antwortete nicht.

Yvonne war verzweifelt und ratlos, ich tröstete sie mit fadenscheinigen Phrasen über pubertäre Dickköpfigkeit, Trotzphasen und der Aussicht, Melina würde schon noch Vernunft annehmen.

Ein paar Tage schien es, als würde tatsächlich Ruhe in unserer Familie einkehren. Linchen sprach zwar immer noch nicht mit uns, aber wenn ich nach der Arbeit vom Institut nach Hause kam und vorsichtig die Lage peilte – das Kind hasste es, „bespitzelt" zu werden – , schallte aus ihrem Puppenheim meistens eine laute Mischung von Rock und Metal, und mitunter hörte ich sogar Melina munter mit Tweezle lachen.

Oberflächlich beruhigt ließ ich die beiden gewähren, doch noch am späten Abend des selben Tages ..

Yvonne schlief schon, und ich saß zu sehr später Stunde im Dunkeln mit meinem Schlummertrunk auf der Terrasse, als ein Rascheln meine Aufmerksamkeit erregte. Warum ich nicht aufstand und zur Brüstung ging, um nachzusehen, weiß ich nicht, nennen Sie es eine Ahnung oder den sechsten Sinn – jedenfalls erblickte ich im schwachen Licht des halb vollen Mondes einen ziemlich großen Vogel, der auf dem Geländer von Linchens Balkon landete.

Wenn ich nicht irre, war es ein Rabe oder eine Krähe. Und

von seinem blauschwarz glänzenden Rücken glitt geschmeidig meine Tochter.

Mir klappte der Mund auf.

Linchen krächzte irgendetwas, der Vogel antwortete mit einem Laut wie eine rostige Türangel und flog davon, während Melina geschickt wie ein Äffchen an einer Efeuranke nach unten kletterte. Lautlos verschwand sie in ihrem Haus, wo kurz darauf im Schlafzimmer das Licht anging.

Erst jetzt bemerkte ich, dass ich völlig vergessen hatte zu atmen und schnappte krampfhaft nach Luft.

Das konnte doch nicht wahr sein! Unsere Tochter konspirierte mit irgendeinem wildfremden Federvieh! In meinem Kopf überschlugen sich die wildesten Vermutungen.

Was, wenn dieser Rabe nicht der einzige Verbündete war, den Linchen für ihre geheimen Aktivitäten benutzte? Was waren das überhaupt für Aktivitäten? Beobachtete sie vielleicht von einer versteckten Position aus irgendwelche zwielichtigen Bars oder sah sie sich heimlich Filme für Erwachsene an?

Oder ... mein Herz setzte kurz aus, als mir plötzlich eine nicht so harmlose Möglichkeit einfiel.

Suchte Melina etwa gar jemanden, der war wie sie?

Aber nein, versuchte ich mich zu beruhigen. Von meinen fehlgeschlagenen Experimenten konnte sie überhaupt nichts wissen.

Ich glaube, nun wird es langsam Zeit, etwas mehr über diese Experimente zu offenbaren. Ich bin zwar nicht besonders stolz darauf, aber passiert ist passiert, und ich brachte es damals einfach nicht übers Herz, die „Fehlschläge“ kurzerhand zu eliminieren.

Es waren insgesamt sieben, zwei männliche und fünf weibliche Exemplare; und alle zeigten bereits in frühen Entwicklungsstadien beunruhigende Verhaltensweisen.

Sehr bedenklich fand ich, dass die Testobjekte sämtlich aggressiv reagierten und sich dabei beängstigend kreativ zeigten, wenn es galt, ihrem „Gegenspieler" – also hauptsächlich mir – heftig eins auszuwischen. Besonders die ersten Versuchsergebnisse schreckten einfach vor nichts zurück. Und wer nun denkt, so kleine Wesen könnten einem ausgewachsenen Menschen sowieso nicht schaden, der irrt gewaltig.

Gleichviel – nachdem ich bei den Neuen einige Veränderungen der DNS vorgenommen hatte, wurden meine folgenden Kreationen bedeutend zivilisierter, und bis auf den Vorfall bei Linchens Ankunft war in Sachen Gewalt nichts mehr passiert.

Also verdrängte ich weitere Bedenken und verließ mich darauf, dass die nicht so gelungenen Experimente sicher und für jeden Außenstehenden unerreichbar und für lange Zeit in geheimen Verliesen eingeschlossen waren. Nur ein einziger Mensch außer mir, ein zuverlässiger, schweigsamer Laborgehilfe, hatte Zugang zu ihnen – schließlich mussten sie ja versorgt werden.

Doch jetzt, befürchtete ich, drohte meinem wohl gehüteten Geheimnis die Gefahr der Entdeckung.

Noch vor Anbruch des nächsten Tages raste ich ins Institut und vergewisserte mich peinlich genau, dass alle Sperren und Schlösser, ob mit Codes oder „nur" mechanisch gesichert, über volle Funktionsfähigkeit verfügten. Sicherheitshalber sprach ich auch noch mit Finn, dem Laboranten, doch er hatte keinerlei beunruhigende Aktivitäten feststellen können.

Wieder einmal erleichtert wandte ich mich dem Alltagsgeschehen zu, beschloss aber, Melina unauffällig im Auge zu behalten.

Einige Tage passierte nichts.

Das Kind schmollte, ging Kontakten mit uns aus dem Weg und hörte lautstark Heavy Metal.

Fliegende Besucher gab es, soweit ich bemerkte, nicht. Nur die eine oder andere Maus raschelte in den Büschen vor Linchens Terrasse, und einmal hüpfte ein Eichhörnchen durchs Geäst der Lärche im Garten.

Dann, an einem Montag – ich erinnere mich noch genau – gab es gleich drei beunruhigende Vorfälle.

Yvonne fand morgens in ihrem Rührei mehrere Glasscherben, kurz darauf kam eine fette Spinne auf haarigen Beinen unter einer Serviette hervor, was meiner Gattin fast einen Herzanfall bescherte (ich habe noch nie eine schlimmere Arachnophobie als die Yvonnes erlebt!) und um ein Haar wäre der ganze Tag sehr übel ausgegangen – ein Kurzschluss setzte die Mikrowelle in Brand. Ein verschmorter Käfer auf einem blanken Kabel wurde später von der Feuerwehr als Ursache identifiziert.

In meinem Kopf kreiste hauptsächlich eine Frage: Fraßen Käfer Kabelumhüllungen? Das Gerät war funkelnagelneu gewesen, Ersatz für ein älteres.

Hatte vielleicht eine gewisse kleine Person hier ihre Finger im Spiel, oder sah ich schon Gespenster?

Genug der Ungewissheiten – ich ging ins Linchenheim und klopfte mit dem Fingerknöchel an die Fassade.

„Was ist?“, klang es ziemlich ungnädig von innen.

„Melina, Kleines ...“, irgendwie wusste ich plötzlich nicht mehr, was ich eigentlich hatte sagen wollen.

Eine abrupt aufgerissene Tür ersparte mir weitere geistige Anstrengungen. Gleichzeitig bescherte mir Linchens Anblick einen massiven Schock.

War das meine süße Tochter, die Märchenfee, mein Däumelinchen?

Das ehemals honigfarbene Haar glänzte nun lackschwarz, der zartrosa Teint war einem fast fischbauchblassen Weiß gewichen, und um die – Gottseidank! – immer noch himmelblauen Augen dunkelten tiefe geschminkte Schatten.

Ich fand meine Stimme wieder, doch kam sie mir auf einmal fremd vor.

„Was zum Kuckuck ist denn mit dir passiert? Du siehst ja aus wie ... wie ein...“

Mir fiel kein passender Vergleich ein. Aber ich brauchte gar keinen, denn das Reden übernahm mein so erschreckend verändertes Kind.

„Wie ich aussehe?“, fauchte sie. „Frag mich lieber mal, wie es *in mir* aussieht!“

Und bevor ich auch nur Luft holen konnte, überfiel mich ein Schwall von Worten, deren Sinn sich mir im ersten Moment gar nicht komplett erschloss. Doch nach und nach begriff ich, was meine Tochter meinte.

Rücksichtslos und selbstsüchtig hätten wir ihr gegenüber gehandelt, nicht bedacht, was wir mit ihrer Erschaffung angerichtet und ihr angetan hätten.

„Du und meine sogenannte Mutter wolltet ein Spielzeug, eine lebende Puppe, sonst nichts!“, schrie sie, und aus ihren Augen schlug mir der pure Hass entgegen.

„Meine Gefühle waren euch von Anfang an scheißegal! Hast du, du genialer Wissenschaftler, nur ein einziges Mal einen Gedanken daran verschwendet, wie ich mich fühle? Ich hatte niemals eine Freundin, mit der ich richtig reden konnte. Und wenn es nach dir ginge, würde ich irgendwann einsam und alleine als alte Jungfer sterben, weil in meinem von euch geplanten Leben kein Märchenprinz vorkommt, der mich aus meiner Blume holt und heiratet.“

Nun liefen Tränen über Melinas Wangen und hinterließen dort schwarze Schminkespuren.

Ich wollte etwas sagen, ihr widersprechen, um Verzeihung bitten und beteuern, dass ich sie doch lieben würde, aber über meine Lippen kam kein Laut.

Sie hatte ja Recht. Yvonne und ich hatten die ganze Zeit nur an uns gedacht. Ich wollte hauptsächlich mir beweisen, wozu ich „Genie“ in der Lage wäre, und meiner Frau waren Figurprobleme und andere Banalitäten wichtiger gewesen als das künstlich geschaffene Kind.

Alle möglichen Bedenken hatten wir ausdauernd und letzten Endes erfolgreich verdrängt.

Und nun sollten wir die Quittung dafür bekommen.

Melina war mit ihrer Tirade noch nicht am Ende. Aufschluchzend wischte sie sich mit dem Handrücken die Nase und funkelte mich noch einmal böse an.

„Denk bloß nicht, dass ich euch das irgendwann vergesse“, zischte sie. „Was ihr mir angetan habt, wird euch noch leid tun, das verspreche ich.“

Dann wandte sie sich um und warf ihre Haustür mit Schwung ins Schloss.

Mein Klopfen und die Bitten, mich doch auch anzuhören, blieben ohne Reaktion.

Niedergedrückt und mit schlechtem Gewissen schlich ich zu Yvonne und schilderte ihr das Fiasko.

Doch wenn ich bei meiner Gemahlin auf Verständnis gehofft hatte, lag ich mit dieser Annahme offensichtlich meilenweit daneben. Vielmehr wurde Yvonne ziemlich wütend, bezeichnete unsere Tochter als undankbar und aufsässig, und ich bekam auch gleich mein Fett weg.

„Warum hast du mir damals nicht gesagt, was aus diesem Balg werden würde? Du hättest das doch voraussehen müssen!“

Dass ich ihr die ganze Sache hatte ausreden wollen, war ihr anscheinend irgendwie entgangen. Vielleicht hatte sie es auch verdrängt. Darin waren wir ja beide recht gut.

Jedenfalls entwickelte sich der Wortwechsel zu einem ausgewachsenen Streit, und am Ende gingen wir, wütend aufeinander, ins Bett. Yvonne drehte mir demonstrativ den Rücken zu und schluchzte auch ein wenig, doch ich reagierte nicht darauf, sondern zog auf die Couch um.

Dort war ich damit beschäftigt, darüber zu grübeln, wie ich den angerichteten Schaden wieder gutmachen könnte, aber mir wollte beim besten Willen nichts einfallen.

Ein halblautes Rascheln und Klatschen unterbrach meine fruchtlosen Gedankengänge.

Nach der Quelle der Geräusche suchend schaute ich mich

im halbdunklen Zimmer um, konnte jedoch zuerst nichts entdecken. Erst als ich die Tischlampe anknipste, sah ich es.

Am Deckenlüster hing kopfüber eine große Fledermaus. Und auf ihrem Rücken hockte wie ein Jockey Melina. Mit einem undeutbaren Ausdruck auf dem kleinen Gesicht blickte sie auf mich herab. Unsere Blicke trafen sich und ein erschreckend gemeines Grinsen entblößte ihre Zähne. Dann flüsterte sie ihrem Reittier etwas zu, worauf dieses die ledrigen Flügel ausbreitete und samt Linchen aus dem offenen Fenster entschwebte.

So sah ich meine Tochter zum letzten Mal.

Linchen ist jetzt seit mehr als einem Monat spurlos verschwunden. Yvonne scheint mit dieser Lösung recht zufrieden zu sein, doch ich bin mehr als je zuvor beunruhigt.

Es gibt Hinweise, dass sich jemand in meinen Computer gehackt hat. Mein Laborgehilfe Finn berichtet mir von vermehrtem Auftreten von frechen Nagetieren im Labor und Umgebung sowie subtilen, doch eindeutigen Veränderungen im Benehmen unserer Testobjekte.

Und da ich meine Tochter, ihre Cleverness und Hartnäckigkeit kenne und vor allem weiß, wie sehr sie mich hasst, habe ich Angst.

Was, wenn Melina die anderen Versuchsergebnisse findet? Was, wenn es ihr gelingt, sie zu befreien?

Mir ist zwar immer noch nicht völlig klar, wozu diese Wesen fähig sind, aber selbst wenn nur meine geringsten Befürchtungen sich als richtig erweisen sollten, dann ist das Leben Yvonnes und auch das meine nicht mehr sicher.

Sollte ich die ursprüngliche Lösung in Betracht ziehen und ihre Existenzen auslöschen? Doch da wäre außerdem Linchen, und ihr etwas antun – niemals!

Also werde ich weiter beobachten, vorsichtig sein und abwarten.

Letztendlich bleibt mir nur die Hoffnung, dass meine Tochter mir irgendwann verzeiht.

Das Schiff, das nie hätte gebaut werden dürfen

Tobias Habenicht

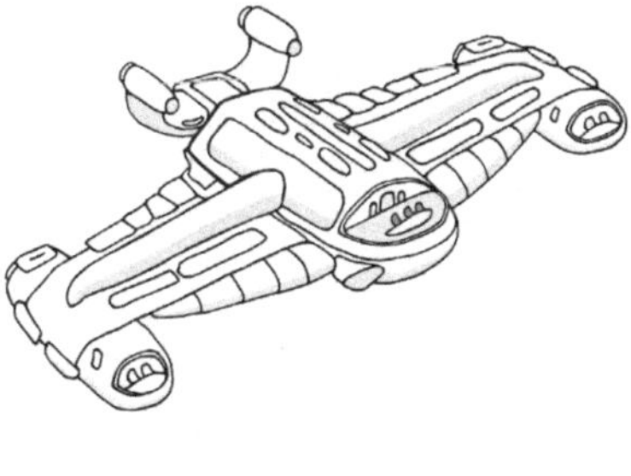

Das Schiff,
das nie hätte gebaut werden dürfen

1.

Die Gurte lassen kaum Bewegungen zu, aber wenn ich den Kopf drehe, kann ich durch ein schmales Fenster nach draußen schauen. Man sieht nichts, es ist schwarz, nur ein paar der hellsten Sterne heben sich gegen die Spiegelungen der beleuchteten Kabine ab. Ich starre darauf, die wenigen Sekunden ziehen sich wie Stunden. Einen Moment später flakkert das Licht und erstirbt. Statt ein paar Sternen stehen da draußen nun Abermillionen, ein dichter Teppich kleiner Punkte.

Gefrorene Tropfen fliegen an der Scheibe vorbei. Manche treiben ganz langsam dahin, und wenn sie einen der helleren Sterne verdecken, schillern sie kurz auf, in dunklem Rot. Ich recke den Kopf noch etwas weiter, und am Rand des Sichtfensters blitzt die Sonne auf. Sie ist klein, fern, und sie ist nicht der Stern, unter dem ich geboren wurde. Im Gegenlicht wird aus den vereinzelten Tropfen ein Strom, wie ein Regen aus Blut. Aber es sieht nur so aus, wegen des roten Farbstoffs, den die Techniker beigemischt haben. Es ist die Kühlflüssigkeit des Schiffsreaktors.

Ein Stoß geht durch die Kapsel. Der scharfe Schmerz, als die Gurte in meine Schultern schneiden, ruft mich in die Wirklichkeit zurück. Landis sitzt mir gegenüber, ein alter Mann, dem zum ersten Mal, seit ich denken kann, die Contenance abhandengekommen ist. Er ist seit dreißig Jahren Buchhalter unserer Familie, immer reserviert, immer korrekt. Ich erkenne ihn kaum wieder. Er schreit mir etwas zu, die Augen vor Schrecken geweitet, aber ich höre nichts davon. Die ganze Szene kommt mir vor wie ein Stummfilm, aber das liegt nur daran, dass der Alarm so laut ist, so durchdringend, dass er keinen Platz für andere Geräusche lässt. Landis deutet auf den Monitor, auf dem das Notstartprotokoll abläuft. Hinter ihm kann ich durch einen weiteren Sichtschlitz erkennen, wie eine andere Kapsel ausgestoßen wird und sich mit hoher Beschleunigung von unserem Schiff entfernt, das manövrierunfähig durch das Nichts taumelt. Die Drehung nimmt mir rasch die Sicht, die Kapsel verschwindet. Wir dagegen bewegen uns nicht vom Fleck. Auf dem Monitor blinkt eine aufgeregte Schrift. Es gibt einen Fehler, irgendwas mit den Halteklammern. Ich nehme das zur Kenntnis, kann aber den Blick nicht von den Fenstern nehmen, als ginge mich das alles hier nichts an.

Kapseln verlassen das Schiff, wie Flöhe, die von einem toten Hund herunterspringen. Ein paar sind noch da. Eine gleich neben uns scheint ebenfalls festzusitzen, wie wir. Ich kann unseren ersten Offizier darin hantieren sehen. Ein Paneel an der Wand ist entfernt, er zieht immer wieder an einem Hebel, ohne dass etwas passiert. Wie im Traum, die Ohren immer noch voll von dem an- und abschwellenden Heulen, sehe ich mich um, entdecke das entsprechende Paneel unserer eigenen Kapsel gleich neben mir. Es sind nur zwei rasche Handgriffe – die Verschalung abnehmen, den Hebel herunterziehen. Eine überirdische Kraft rammt mir den Kopf zwischen die Schultern, als sich das Triebwerk der Kapsel aktiviert. Wir schießen in den leeren Raum hinaus, lassen das Inferno hinter uns, die roten Tropfen zerplatzen auf den Scheiben. Es kann nur eine Illusion sein, aber ich meine, dass sich die Blicke des ersten Offiziers und meine noch einmal treffen. Er weiß, dass er sterben wird. Er sieht uns davonziehen. Und er wünscht verzweifelt, er könne mit mir den Platz tauschen. Trotz all des Lärms, des Andrucks, der Erschütterungen und des Knirschens und Kreischens des beanspruchten Metalls geht mir dieser Blick nicht aus dem Kopf. Dann vergeht das Schiff in einer gewaltigen, lautlosen Explosion. Erst als die expandierenden Gase uns erreichen, uns wie einen Styroporball vor sich her treiben und die Kapsel zum Taumeln bringen, kommt auch der unbeschreibliche Lärm bei uns an und wischt alles andere weg. Mein Kopf schlägt gegen die Wand, die Kräfte, die auf uns einwirken, schleudern uns wie Puppen in unseren Gurten umher. Meine Sinne schwinden. Als letztes sehe ich die Explosionswolke, in die mein Schiff aufgegangen ist, und mit ihm meine Crew, meine Fracht und all meine Hoffnung. Dann umfängt mich eine lautlose Dunkelheit.

2.

Ein halbes Jahr zuvor war mein Vater gestorben. Ich wollte nie Kaufmann werden, hatte zu lange vom Geld der Familie gelebt und irgendwie erwartet, es werde ewig reichen. Das tat es aber nicht. Innerhalb weniger Monate hatten mir die Gesellschafter das Fell über die Ohren gezogen, und von dem, was mir blieb, hatte ich das meiste mit unglücklichen Spekulationen in den Sand gesetzt. Nur eine meiner Unternehmungen ließ mir noch eine schwache Hoffnung auf Profit. Ein Schiff und eine Fracht verderblicher Medizinprodukte waren alles, was ich noch besaß, und von der termingerechten Beförderung dieser Fracht hing meine wirtschaftliche Zukunft ab. Also verließ ich das Familienanwesen und schiffte mich an Bord meines Sternenschoners „Arcadia“ ein, sehr zum Leidwesen des Kapitäns, der an Bord nicht gerne eine Autorität neben der seinen duldete.

Wir tüftelten einen Kurs aus, der den optimalen Kompromiss zwischen Energieverbrauch und Zeitersparnis brachte. Den ersten Teil der Strecke segelten wir im Sonnenwind unseres Heimatsterns, langsam, aber praktisch kostenlos. Ich hatte Zeit, das filigrane Gespinst des Segels zu bewundern, das sich mit mehr als einem Kilometer Durchmesser vor uns wölbte. Dann verließen wir das Sternensystem und warfen den Ionenantrieb an. Erst im interstellaren Raum konnten wir einen kurzen Hyperraumsprung durchführen. Danach, am Rand des Salafir-Systems angekommen, begann die eigentliche Herausforderung. Es gab nur einen einzigen bewohnten Planeten, auf dem meine Ladung einen ordentlichen Profit abwerfen würde. Sonst warteten dort nur etliche trostlose Gesteinsbrocken, auf denen sich höchstens ein paar Minen-Roboter herumtrieben. Einen Gasriesen, wie es sie in anderen Systemen gibt, hatte das Salafir-System nicht. In der Folge tummelten sich in den Außenbereichen in einer dichten Wolke große und kleine Asteroiden auf exzentrischen Bahnen, sich ständig überkreuzend, umkreisend, kollidierend, so dass in jeder Sekunde eine Unzahl kleinerer, noch schnellerer Geschosse geboren und in alle Richtungen davongeschleudert wurde. Es gab drei verschlungene, mäandernde Pfade, entlang denen die Dichte der Gesteinsbrocken gering, das Risiko klein war. Aber sie erforderten Zeit und ausreichend Energie für ständige Schubkorrekturen. Beides hatten wir nicht. Ich gab Befehl, einen direkteren Kurs einzuschlagen. Der Kapitän sah mich mit nur mühsam verhohlenem Ärger an, machte ein paar Einwände, die ich nicht gelten ließ, fügte sich dann aber.

Im Navigationshologramm sah ich den korrigierten Anflugvektor. Er war viel direkter, aber immer noch nicht geradlinig. Er machte einen großen Bogen um einen blassblau markierten Sektor rund um einen großen Planetoiden, der für mein Auge nicht gefährlicher aussah als der Rest des Asteroidenfeldes. Ich korrigierte den Kurs weiter, bis er schließlich die blaue Zone streifte. Ich hörte, wie der Kapitän scharf einatmete. Seine Hände krallten sich um den Navigationstisch, bis die Knöchel weiß hervortraten. Wortlos schob er meine Hand zur Seite und machte meine Kursänderung rückgängig. Er sah mir ins Gesicht, mühsam gefasst, erwartete einfach meinen Zorn und erklärte nichts. In den nächsten zwanzig Minuten warf ich ihm einiges an den Kopf, er antwortete erst ruhig, dann hitzig, bis ich die Sache einigermaßen zusammen hatte. In diesem Sektor, so erklärte er mir, sei ein Schiff verloren gegangen, vor knapp einhundert Jahren, vielleicht auch mehr. Es war nicht irgendein Schiff gewesen, sondern ein Quantensprung in der Raumfahrt, das Werk eines eigenbrötlerischen Genies, knapp vor oder vielleicht auch weit jenseits der Grenze zum Wahnsinn, der dem Genie bekanntlich benachbart ist. Der Kapitän berichtete mit gedämpfter Stimme, als befürchtete er verborgene Zuhörer, der Konstrukteur des Schiffes habe Wege beschritten, die nicht nur neu, nicht nur bahnbrechend waren, sondern unerhört und unmoralisch, alles Menschliche einer Technik untertan machend, die einem Götzen gleichzukommen begann. Von allen Schiffen, mit denen der Mensch versucht hatte, sich den Weltraum untertan zu machen, war diese Konstruktion, die „Cassandra", das eine, das nie hätte gebaut werden dürfen.

Um ihr Schicksal und das ihrer Besatzung rankten sich zahllose Gerüchte und Legenden: Lebendig sollte das Schiff gewesen sein, bösartig, feindlich, gar von finsteren Sternendämonen besessen. Manche glaubten, es habe seine Mannschaft verschluckt und verdaut, andere sprachen von letzten Bildübertragungen, in denen die Menschen mit ihren Konsolen organisch, geradezu symbiotisch verbunden gewesen sein sollten. Übereinstimmend erzählten alle Geschichten, dass das Schiff mit Mann und Maus beim Anflug auf das Salafir-System verschwunden war. Suchtrupps waren aufgebrochen, fanden aber weder ein Wrack noch Trümmer. Stattdessen berichteten sie, halb wahnsinnig vor Angst: Die „Cassandra“ flog noch, aber sie bewegte sich wie ein Derwisch durch die Asteroiden, spielte Katz und Maus mit denen, die nach ihr suchten. Und über die meisten, die sie sahen, brach wenig später ein Unglück herein. Nur zwei von zwölf Schiffen fanden den Weg heraus aus dem Labyrinth, das nun blau markiert im Holotank aufleuchtete.

Wenn mich die Geschichte hatte erschrecken sollen, so verfehlte sie ihre Wirkung. Ich wurde wütend, verfluchte den Kapitän und erklärte ihm, dass er sich nicht einzubilden brauche, je wieder ein Schiff zu kommandieren, wenn ich mit verdorbener Ware auf Salafir II ankam. Gleichzeitig bot ich ihm Geld an, eine Prämie, wenn er uns termingerecht dort ablieferte. Wir stritten weiter, und wie immer, wenn abergläubische Furcht, gesunder Menschenverstand und finanzielle Interessen gegeneinander ringen, gewann am Ende das Geld. Ich versprach ihm einen prächtigen Bonus, und er schlug den Kurs ein, den ich wollte. Er verheimlichte es der Mannschaft, weihte nur den ersten Offizier ein, der mir einen finsteren Blick zuwarf und mir schwor, es mich reuen zu lassen, wenn dem Schiff und der Besatzung auch nur das Geringste zustieß. Ich nahm es schulternzuckend hin und bat Landis, meinen Buchhalter, mich auf der Brücke zu treffen. Ich hatte Geschäftliches mit ihm zu besprechen, war aber nicht gewillt, den Kapitän und den Kurs, den er befahl, aus den Augen zu lassen.

Zwei Stunden gingen dahin, geprägt von Ausweichmanövern, Beinahe-Kollisionen und hitzigen Debatten zwischen Kapitän und Steuermann. Die Asteroiden schienen viel Metall zu enthalten und zudem elektromagnetische Felder zu erzeugen, was die Wirksamkeit der Schiffssensorik herabsetzte und die Navigation erschwerte. Ich konnte die Anspannung der Brückenbesatzung wohl spüren, aber ich sah auch, wie mir die Zeit zwischen den Fingern zerrann und wehrte jeden Anflug von Kritik an dem von mir befohlenen Kurs ab. Alles in allem machten wir gute Fahrt. Ich schwor mir, die tüchtigen Raumschiffer großzügig zu entlohnen, wenn sich der Liefertermin einhalten ließ. Dann realisierte ich, dass ich sie das am besten sofort wissen lassen sollte, um sie anzuspornen. Ich wollte gerade ansetzen zu sprechen, als der Ortungsoffizier eine Meldung machte. Ein Flugkörper, vielleicht nur ein Irrläufer aus Eis oder Gestein, vielleicht aber auch ein anderes Schiff, befand sich in einiger Entfernung auf Parallelkurs. Der Offizier hatte die Daten gerade auf den großen Schirm gebracht und informierte uns über die Details der Trajektorie, da stockte er unvermittelt. Wir hatten es alle gesehen, und es grauste uns: Das Signal war von einem Moment zum nächsten verschwunden. Keine zwei Sekunden später kam es wieder hervor, aber es war ein gutes Stück zur Seite gesprungen. Ich fragte, welcher tatsächlichen Distanz das kleine Stück auf dem Schirm entsprach. Der Navigator murmelte etwas von zweitausend Kilometern. Er war kreidebleich.

„Umkehren!", verlangte der Erste Offizier heiser. „Solange es noch geht."

Ich widersprach energisch. Ich pochte auf geltende Verträge, drohte, der Besatzung die Heuer vorzuenthalten, wenn wir nicht weiterflogen. Gerade da musste der Steuermann zwei großen Brocken ausweichen, die aufeinander zuhielten und zu Steuerbord miteinander kollidierten. Der kleinere wurde regelrecht zermalmt, und ein elektromagnetischer Impuls kündete von der Energie, die dort gerade frei wurde. Die Bildschirme flackerten, die Trägheitsdämpfer stotterten, selbst das Licht wurde kurz schwächer. Wir waren alle erschrocken verstummt, sahen die Trümmerwolke hinter uns zurückbleiben und wollten gerade erleichtert aufatmen, als der Erste Offizier einen heiseren Schrei ausstieß. Das fremde Signal war mit einem mächtigen Satz bis ganz in die Mitte des Schirmes gesprungen. Dorthin, wo auch wir uns befanden.

Ich stürzte an eine der Sichtluken, und ich sah es. Ein fremdes Schiff, lang und grazil, zog schwerelos seine Bahn neben der unseren, ohne dass Triebwerksemissionen erkennbar gewesen wären. Sein stabförmiger Aufbau ließ es altertümlich wirken, wie ein Relikt einer vergangenen Epoche. Die glatte, geschwungene Oberfläche mit ihren organisch wirkenden Auswüchsen und Aufbauten gaben diesem Schiff aber etwas so Fremdartiges, so Unmenschliches, dass der bloße Anblick mich frösteln ließ. Während ich es beobachtete, schlingerte es wie gelangweilt mal zur einen Seite, mal zur anderen, kam uns aber doch beständig näher. Schließlich konnten wir am Bug Details wahrnehmen: Zahllose Einschläge kleinerer Asteroiden, die den Rumpf wie Pockennarben überzogen, dazwischen, ganz vorn, in großen löchrigen Lettern der Name: CASSANDRA. Durch die Scheiben der Brücke des anderen Schiffes drang ein kränklicher, fahlblauer Schimmer. Schemen bewegten sich dort, zu weit entfernt, um sie richtig erkennen zu können. Nur eines war sicher: Die „Cassandra“ war bemannt und hatte sicher nicht zufällig unseren Kurs gekreuzt.

„Wir sind verloren“, flüsterte der Erste Offizier. „Das ist der Tod, der da neben uns fliegt.“

Der Funker meldete etwas von einem Signal, das die „Cassandra“ beständig aussendete. Seine Stimme klang wie ein Reibeisen. Der erste Offizier erwachte etwas zu spät aus seiner Starre. „Abbrechen!“, schrie er noch. „Keine Verbindung herstellen!“ Aber der Kapitän hatte schon genickt, vielleicht aus Gewohnheit, vielleicht aus Verzweiflung, jedenfalls brach über die Lautsprecher ein elektronisches Kreischen über uns herein, das mich bis ins Mark erschütterte. Da waren keine Worte, keine Melodie, aber in der Kakophonie steckte ein Gefühl, eine Gewissheit von absolutem, schrecklichem Wahnsinn. Einen Moment später flackerten die Monitore erratisch, zeigten verwirrende Muster und endlose Kolonnen bedeutungsloser Zeichen, bevor sie ganz erstarben.

„Ein Virus“, sagte der Navigator tonlos. „Alle Sensoren sind ausgefallen. Wir sind faktisch blind.“

Eine Sekunde später schrien alle durcheinander, wollten Schub wegnehmen oder wenden, blindlings feuern oder gleich das Schiff evakuieren.

„Volle Kraft voraus“, befahl ich, indem ich mich zur Ruhe zwang. „Wir müssen dem Einfluss dieses Schiffes entkommen. Das ist unsere einzige Chance.“

Die Offiziere wollten etwas erwidern, aber der Steuermann setzte mein Kommando einfach in die Tat um. Das Vibrieren des Decks unter meinen Füßen zeugte von mächtigen Aggregaten, die auf volle Leistung gebracht wurden. Jenseits des Sichtfensters fiel das gespenstische, wunderschöne Schiff hinter uns zurück. Nur einen Moment banger Hoffnung später rammte uns ein schneller Irrläufer, rasierte uns die linke Triebwerksgondel einfach ab und versetzte das Schiff in eine schraubenzieherförmige Bahn. Flackernd und voller Störungen erwachte ein Monitor wieder zum Leben. Durch das Geschrei und die sofort einsetzende Kollisionswarnung erkannte ich, dass die Schäden gravierend waren. Gleich darauf kollidierte ein zweiter Asteroid mit uns oder wir mit ihm. Er traf genau das Loch, das der erste geschlagen hatte. Auf dem Schadensbericht leuchtete der Reaktorraum, das Herz eines jeden Raumschiffes, in düsterem Rot auf. Der Alarm steigerte sich, wurde ohrenbetäubend. Wer die rascheste Auffassungsgabe hatte, floh als erster, den Rettungskapseln entgegen. Ich zog meinen Buchhalter mit mir, der wie betäubt schien. Der Erste Offizier schrie mir wüste Beleidigungen entgegen, während wir rannten. Über die Schulter sah ich für einen Moment noch den Kapitän, bevor sich die Tür zur Zentrale schloss. Er machte keine Anstalten, uns zu folgen. Seine Miene, sein Blick, schienen mich zu fragen: Wozu? Dann blieb er hinter uns zurück und es gab nur noch das, was vor uns lag. Nur raus aus dem Schiff, nur raus in die Leere des Alls. Aber was dann?

3.

Ich komme zu mir, erwache aus einem Traum von einem ewigen Fall in einen bodenlosen Abgrund, aber das Gefühl geht nicht weg. Ich erschrecke, klammere mich in den Gurten fest. Es dauert, bis ich mich erinnere, wo ich bin. Eine sanfte Kraft drückt mich in den Sitz, aber da ist immer noch dieses furchtbare Gefühl, haltlos tiefer und tiefer zu fallen. Vor den Sichtluken flirren rasend schnell Sterne vorbei. Ich begreife: Wir haben keine künstliche Gravitation, und die Kapsel rotiert. Mit dem Begreifen kommt die Übelkeit. Ich muss mich übergeben. Das Erbrochene trudelt dahin, beschreibt eine leichte Kurve und landet mit einem widerlichen, feuchten Geräusch an der Wand schräg vor mir. Es ist nicht der einzige Fleck dieser Art.

Mit zitternden Händen versuche ich, mich im Steuerungsmenü des Touchscreens in der Mitte der Kapsel zurechtzufinden, während mein Gleichgewichtsorgan weiter um meine Aufmerksamkeit buhlt. Wie es scheint, sind nur noch zwei der sechs Steuerungsdüsen intakt. Ich aktiviere sie. Die Automatik schafft es, uns zur Ruhe zu bringen. Die Sterne sitzen wieder fest im dunklen Nichts. Sensoren haben wir nicht, man kann nur ganz altertümlich aus dem Fenster schauen, und hoffen, dass man irgendetwas erkennt. Diese Kapseln sind zwar begrenzt manövrierfähig, aber in erster Linie sind sie dazu gedacht, ihre Passagiere lange genug überleben zu lassen, dass sie von Dritten gerettet werden können.

Ich löse meine Gurte, um ringsum durch alle Fenster zu sehen. Landis' Kopf schiebe ich zur Seite, nachdem ich mich vergewissert habe, dass er nur ohnmächtig ist und regelmäßig atmet. Durch das Fenster hinter ihm sehe ich voller Schrecken, wie eine andere Kapsel rasch auf uns zuhält. Sie ist kaum noch hundert Meter entfernt. Ich zucke zurück, entschlossen, die Triebwerke zu aktivieren und uns aus der Gefahrenzone zu manövrieren. Aber das ist gar nicht nötig. Ein schneller Asteroid von der Größe eines Hauses kracht von links in die andere Kapsel und wischt sie weg. Ob sie bemannt gewesen ist, kann ich nicht mehr erkennen. Ein Paar elektronische Bruchstücke werfen noch einige Funken ins Nichts, dann verschluckt die Dunkelheit die Überreste der Kasel wie auch den Asteroiden, der sie zerstört hat.

Mit einem Schrei erwacht Landis, mein Buchhalter. Ich bin unendlich glücklich, ihn noch bei mir zu haben. Falls es noch weitere Überlebenden außer uns gibt, sind die anderen Kapseln schon so weit entfernt, dass wir sie nicht mehr sehen können. Ich beruhige meinen Begleiter, erkläre die Situation. Gemeinsam testen wir das Funkgerät, schicken eine Nachricht ins All hinaus, aber dann zögern wir. Können wir es riskieren, auf Empfang zu gehen? Das grässliche Kreischen klingt mir noch in den Ohren, und uns ist nur zu bewusst, was mit der Bordelektronik passiert ist. Wir schalten das Funkgerät ab. Es ist sinnlos, zu funken, wenn man die Antwort nicht hören kann. Unsere Position wird ohnehin ständig durch einen automatischen Transponder in die Welt hinausposaunt.

Was bleibt? Ich frage es Landis, obwohl ich schon weiß, dass unser Ende nur aufgeschoben ist. Niemand wird uns hier finden, schon gar nicht retten, und mit der Kapsel liegt jeder bewohnbare Planet in unerreichbarer Ferne. Landis steht auf, mit entgeistertem Blick, starrt an mir vorbei.

„Da ist immer noch die 'Cassandra'," flüstert er. Ich muss mich nur umdrehen: Sie hängt wie ein großer, dunkler Monolith hinter uns und verdeckt das Licht der Sterne. Wir sehen uns an. Jeden Augenblick kann unsere einzige, fürchterliche Hoffnung einen weiteren erratischen Sprung ausführen, irgendwohin, und uns hier sterbend zurücklassen. Es ist keine wirkliche Wahl. Ich werfe das Zentraltriebwerk an und versuche, mit den beiden Korrekturdüsen den Kurs zu halten. Mittschiffs ist eine Schleuse zu erkennen, wie es aussieht sogar mit einem genormten Flansch, wie ihn heutzutage alle Schiffe haben. An der organisch anmutenden „Cassandra" wirkt er deplatziert, aber ich will mich nicht beschweren. Dem Computer, Landis und mir gelingt ein akzeptables Andockmanöver. Akzeptabel deswegen, weil uns der Aufprall ordentlich durchschüttelt, die Kapsel aber nicht leckschlägt und danach offenbar fest im Andockring sitzt. Unter normalen Umständen würde nun der Verbindungsraum zwischen den Schotts mit atembarer Luft gefüllt, aber nichts geschieht. Widerstrebend opfern wir einen Teil der Reserven der Kapsel und füllen den Zwischenraum selbst. Es wäre unmöglich, das Schott der Kapsel gegen ein Vakuum zu öffnen, denn es schwingt nach innen auf.

Es ist gar nicht so leicht, die Verriegelung der Kapsel zu lösen. Normalerweise machen das die Retter von außen. Dann liegt das Schott der „Cassandra“ vor mir. Auch hier sehen wir die Spuren zahlloser kleiner und kleinster Einschläge. Wo das Metall nicht eingedellt ist, wirkt es wie glattpoliert, vermutlich ist es hundert Jahre lang von interstellarem Staub wie von einem Sandstrahler abgeschliffen worden. Es gibt für uns nur einen Weg: nach innen, was immer uns dort erwartet. Ich hoffe, es gibt wenigstens dort Atemluft, denn Raumanzüge haben wir nicht. Ich hoffe zudem, dass man das Schiff schon damals mit einer Rettungsautomatik ausgestattet hat und dass sie weder deaktiviert noch defekt ist. Wenn ja, können wir durch das Senden eines einfachen Codes wenigstens die äußere Schleusenluke der Cassandra öffnen und danach wieder schließen. Eine Automatik wird uns danach mit Luft versorgen, während die Mannschaft entscheidet, ob sie uns in Quarantäne behalten oder an Bord kommen lassen möchte. Diese Automatik und der sie auslösende Code, der ‚allgemeine Raumfahrtnotruf‘, ist seit Menschengedenken unverändert geblieben. Es muss ihn auch schon gegeben haben, als die Cassandra gebaut wurde. Aber wenn ich mich irre, wenn die Automatik fehlt, defekt ist oder deaktiviert wurde, dann endet unser Weg hier.

Ich sende den Code, und eine Weile passiert gar nichts. Wenn auch nur ein Glied der Kette ausgefallen ist, der Empfänger am Schott, der Computer der Notfallautomatik, die Schleusensysteme oder einfach der Servomotor des Außenschotts – dann werden wir unsere letzten paar Tage als Parasiten auf der Außenwand eines Geisterschiffes verbringen und danach tot und vertrocknet für alle Zeiten mit ihm durchs All ziehen. Ob es uns andererseits besser ergeht, wenn wir das Schiff betreten, bleibt abzuwarten.

Das Außenschott der ‚Cassandra' öffnet sich unter Zischen und Knirschen und quälend langsam. Es hat so etwas offenbar schon sehr lange nicht mehr gemacht. Ein schaler Hauch weht uns aus der Dunkelheit entgegen. Die Luft riecht nicht gut, aber sie ist atembar. Wir rüsten uns aus, nehmen alles mit, was uns sinnvoll erscheint: Zwei Taschenlampen, die Konzentratnahrung, alles verfügbare Wasser und zwei Thermosäcke. Wer weiß, wozu es gut sein mag, und zurück kommen wir wahrscheinlich ohnehin nicht mehr.

Ich lausche noch einmal. Es ist still wie in einem Grab. Es ist auch immer noch stockfinster. Kein Licht, nicht einmal das fahlblaue Leuchten, das wir auf der Brücke der „Cassandra" zu sehen geglaubt haben. Das ist gut und zugleich schlecht. Wo sich nichts regt, ist auch niemand, der uns aus der Schleuse in den leeren Raum wirft. Aber eben auch niemand, der das innere Schott öffnet.

Nach wenigen Schritten erkenne ich aber, dass der Weg frei ist: Das Innenschott steht offen. Es sieht aus, als habe es eine Explosion gegeben, aber vor sehr langer Zeit. Als wir durch sind, entferne ich einige Trümmer, die sich im Rahmen des Schotts verklemmt haben. Knirschend setzt sich die massive Tür in Bewegung und verschließt die Schleusenkammer. Mir ist wohler, zwei Barrieren zwischen uns und dem Nichts zu haben. An den Wänden hat Kondenswasser die Beschichtung angegriffen, es tropft ständig von der Decke. Die Tropfen rinnen durch die Bodengitter, und es klingt, als träfen sie darunter auf Wasser. Die Lichtfinger unserer Taschenlampen tasten sich den Korridor entlang, er ist leer. Hier und da liegen Reste der Explosion, kleinere Trümmer, aber auch achtlos liegen gelassene Gegenstände. Leere Container, eine uralte Energiezelle, ein defekter Multireader. Wo das Wasser nicht hinkommt, liegt Staub.

Als wir uns langsam weiter vor bewegen, macht mich Landis auf merkwürdige Schäden an der Wand aufmerksam. Es sind kleine Löcher, sauber hineingestanzt, wie von Hochgeschwindigkeitsprojektilen. Etwas weiter sind Schmauchspuren zu erkennen und glasierte Flächen, wie sie von Energiewaffen hervorgerufen werden. Hier wurde gekämpft. Je weiter wir gehen, desto mehr dieser Spuren finden wir. Unsere Schritte klingen hohl auf dem Metall, hohl und laut, man muss es schon von weitem hören. Aber trotzdem spüre ich mit einer absurden Gewissheit, dass wir seit hundert Jahren die ersten sind, die diesen Korridor betreten. Am Ende knickt der Gang ab, das ist bei vielen Schiffen so, deren Design auch militärische Aspekte berücksichtigt. Ein Enterkommando soll von der Schleuse aus nicht so einfach vordringen können, sondern sich an der Biegung Mann für Mann niedermähen lassen. Die Vorstellung gefällt mir nicht, ganz gleich, wie leblos hier alles zu sein scheint.

Ich nehme Aufstellung an der Wand kurz vor der Biegung. Da ist ein seltsamer Geruch, der um die Ecke weht, trocken und erdig. Ich nicke Landis zu, dann springe ich um die Ecke, auf alles vorbereitet, was da kommen mag – nur nicht auf die beiden Toten, die mich auf Augenhöhe angrinsen, die Arme in einer grotesken Parodie eines unterlegenen Gegners in die Höhe gereckt. Schockiert zucke ich zurück, pralle mit dem Rücken gegen die Wand hinter mir. Die Toten stehen da, wie im Leben eingefroren und in aufrechter Haltung erstarrt. Ihre Lippen sind geschrumpft und zurückgezogen, die Haut pergamentartig ausgetrocknet. Wieso fallen sie nicht zu Boden? Und weshalb stehen sie hier?

Als mein Herz nicht mehr im Rhythmus eines wahnsinnigen Schlagzeugers trommelt, wage ich mich näher heran. Die beiden Männer sind seit einer Ewigkeit tot. Die trockene Luft hat sie perfekt konserviert, nur die Kleidung hat sich im Lauf der Jahrzehnte zu Fetzen aufgelöst. Ich kann eine Vielzahl dünner Fäden erkennen, die wie feine Wurzeln aus Lücken in der Wandverschalung sprießen. Man scheint sie in dieser Haltung angebunden zu haben, an den erhobenen Handgelenken, dem Hals, der Hüfte und den Knöcheln. Aber bei näherer Inspektion ... Diese Fäden, sie umschlingen die Toten nicht. Sie dringen durch die Fasern der Kleidung, durch die Unterhemden – und durch die Haut. An einer Stelle, an der das spröde Gewebe nachgegeben hat, klafft ein Riss in einem der Leichname. Ich kann ein paar der Fäden verfolgen, wie sie ins Fleisch eindringen, sich auffächern und teilweise in mehreren Windungen um die Knochen enden. Eine perfektere Fessel ist kaum vorstellbar. Aber wer hat den Unglücklichen etwas so Grausames angetan? Und aus welchem Grund?

Auf dem Boden finde ich zwei leichte Strahlwaffen, natürlich seit langem entladen, und eine ID-Karte. Ernesto Nguyen, Techniker. Spezialgebiet Lebenserhaltung. Hinter den Leichen ist eine Wartungsklappe geöffnet. Darin ein Terminal. Eine schwach glimmende LED zeigt mir, dass noch ein Rest von Energie vorhanden sein muss. Ich nehme meinen Mut zusammen und ziehe die Karte am Sensor vorbei. Es braucht eine gefühlte Ewigkeit, dann reagiert das System. Es piept, die LED springt auf Grün. Der Monitor flackert auf, mir scheint, ein Bild des Technikers ist kurz zu sehen, dann schnurrt es zu einem kleinen Punkt zusammen, als der Monitor den Geist aufgibt. Aber einen Moment später flackert das Deckenlicht auf, fällt wieder aus, geht wieder an, beleuchtet den Gang wie ein sehr langsames Stroboskop.

Während ich noch überlege, wie ich den Monitor doch wieder zum Laufen bringe, keucht Landis neben mir entsetzt auf. Das Licht fällt wieder aus, Landis leuchtet mir mitten ins Gesicht. Was hat er gesehen?

„Da“, keucht er nur, weist mit zitterndem Finger in den Gang hinter mir. Mein Lichtkegel zuckt herum, findet nur noch einen Meter Gang, dann einen größeren Raum, in dem er sich verliert. Er erfasst kurz irgendetwas, dann ein zweites Ding, aber ich bin viel zu hektisch, und Landis‘ rasselnder Atem macht mich panisch. Ein Stuhl? Ein Tisch? Eine ... eine Hand?

Zwei rasche, kurze Blitze der Beleuchtung hämmern mir einen Anblick ins Gehirn, fast zu kurz, um ihn bewusst zu erfassen. Der Raum ist voller toter Menschen. Sie sind alle mumifiziert, für die Nachwelt erhalten, und alle sitzen, stehen oder lehnen in lebendigen Posen da, wie von einem irren Schmetterlingssammler so lebensecht wie möglich fixiert und aufgespießt. Einige sitzen an einer Bank mit mehreren Konsolen, in deren leere Displays sie mit ihren eingefallenen Augen noch immer zu starren scheinen. Andere stehen wie Ernesto, der Techniker, aufrecht da. Die Stehenden, offenbar auf die gleiche Weise an die Wände gebunden wie die beiden Leichname gleich bei mir, wirken wie in Ketten gelegte, gefolterte Insassen eines vorsintflutlichen Kerkers. Am Boden liegen vereinzelt Waffen, an den Wänden sind die gleichen Einschlagspuren zu sehen wie draußen auf dem Gang. Es blitzt wieder, und diesmal erkenne ich, dass ein paar der Leichen Löcher und Verbrennungen aufweisen. Es sieht aus, als hätten diese Menschen einander bekämpft und erschossen. Aber weshalb sitzen dann einige ganz ungerührt in ihrer Bank, in einer fast entspannt wirkenden Haltung? Wo war hier der Frontverlauf? Und weshalb liegt nicht eine einzige Leiche auf dem Boden? Haben damals die Sieger den Ort des Gefechts verlassen, nachdem sie die Toten in einer grausigen Zeremonie für immer an die Stätte ihres Todes gebunden haben? Was aber ist mit den Leichen, die hier ganz ohne äußere Verletzung sitzen oder stehen? Woran sind diese Menschen gestorben?

Das Licht erlischt endgültig. Ich bin fast dankbar, denn die Dunkelheit verschluckt die furchtbare Szenerie und hüllt die Toten einmal mehr in einen schützenden Mantel. Wir gehen vorsichtig vorwärts, in den Raum hinein. Es fühlt sich an, als beträten wir eine uralte heidnische Grabkammer oder vielleicht einen Vorraum, in dem die geopferten Diener des toten Herrschers zur Schau gestellt werden. Obwohl sich nichts regt, habe ich das Gefühl, jeden Moment müsse sich einer der vertrockneten Köpfe zu mir umwenden, den Finger vor die geschrumpften Lippen halten und mir ein wütendes „Pssst!“ zuzischen. Dem Unrat auf dem Boden weichen wir vorsichtig aus, bemüht, nicht ein einziges Ding in Bewegung zu setzen, das hier seit hundert Jahren unbewegt geblieben ist.

Unsere Taschenlampen erhellen den Raum nicht richtig, vielmehr reißen sie einzelne Details aus der Dunkelheit heraus, Gesichter, Hände, alles, was den Menschen menschlich macht. Aber die Gesichter sind verzerrt, die Hände verkrümmt, alles Menschliche ist ersetzt durch einen Schrecken, der mir mit jedem Meter, den ich gehe, mit jedem neuen Stück pergamentener Haut, das im Lichtkegel auftaucht, tiefer in den Magen fährt. Ich weiche dem Anblick der Toten aus. Stattdessen sehe ich mir die Konsolen an und was hier sonst noch an Schiffstechnik zu finden ist. Das meiste scheint intakt, nur ohne Energie. Allerdings sind praktisch überall Wartungsklappen geöffnet, aus denen ein Chaos von Kabeln und Leitungen quillt. Ist man im Begriff gewesen, die Schiffstechnik komplett neu zu konfigurieren, als der Tod über die Besatzung kam? Ich entdecke zahllose abenteuerliche Verschaltungen, zusätzliche Bauteile, die Wartungsklappen gehen überhaupt nicht mehr zu. Als ich dem Verlauf eines besonders dicken Bündels von Kabeln mit der Taschenlampe folge, erkenne ich auch wieder diese dünnen Fäden, die aus den Konsolen herauswuchern, die Kabel umschlingen und schließlich in den Körpern der Männer und Frauen verschwinden, die an den Konsolen sitzen. Aber im Gegensatz zu den Menschen an den Wänden sind diese hier nicht immobilisiert. Ihre Arme und Beine haben Bewegungsspielraum, obwohl viel mehr der Fäden in ihnen stecken, in praktisch jedem Quadratzentimeter Haut.

Ich verfolge ein besonders dichtes Gespinst aus Fäden, die

sich um ein dickes Kabel herumwinden und mit ihm zum gesenkten Kopf einer toten Frau ziehen. Meine Finger berühren ihr Haar, das spröde und farblos ihr Gesicht verdeckt. So sanft es mir meine zitternde Hand erlaubt, streiche ich ihr Haar zur Seite. Ihre Züge berühren mich, sie muss jung gewesen sein, als sie starb. Die Augen sind vertrocknet, der Mund wie üblich verzerrt, aber trotzdem wirkt die Tote nicht, als sei ihr ein Leid widerfahren. Sie scheint fast friedlich, als sei ihr Leben einfach so ohne Schmerz aus ihr herausgesickert, bis das Herz zur Ruhe gekommen ist und die Atmung ausgesetzt hat. Ich streiche die Haare über das verkrümmte Ohr – und erstarre kurz. Dass die Fäden zu ihrer Haut streben, das habe ich wohl bemerkt. Aber das dicke Kabel in ihrer Mitte, das zieht auch zu ihrer Schläfe, und es verschwindet darin. In ihre Haut und den Knochen darunter ist eine Buchse eingelassen, das Kabel ist dort mit Schraubringen fixiert. Das zumindest ist eine Arbeit von Menschenhand, nur dass heute niemand mehr verrückt genug ist, so etwas zu tun. Der Gedanke, Mensch und Maschine zu verbinden, ist seit Jahrzehnten zu den Akten gelegt. Es funktioniert einfach nicht.

„Ich erinnere mich", klingt Landis' Stimme hinter mir auf. Der Buchhalter schaut mir über die Schulter, den Blick starr auf das Kabel und die Buchse gerichtet. „Jetzt weiß ich es wieder, was ich damals über den Flug der 'Cassandra' gehört habe. Das muss über fünfzig Jahre her sein, und damals war die Geschichte schon alt."

„Erklärt sie das hier?", frage ich. Landis zuckt mit den Achseln. Er berichtet mir von einem Skandal, der damals in allen Medien war, nachdem die Geheimhaltung einiger alter Dokumente abgelaufen war und ihr Inhalt der Öffentlichkeit zugänglich gemacht wurde. Soweit er sich erinnert, ging es im Projekt „Cassandra“ nicht einfach um einen revolutionären Fortschritt im Raumschiffsbau. Die „Cassandra“ war ein Monster, ein wildes, unbezähmbares Biest: ungeheuer mächtig, aber von keiner Besatzung beherrschbar. Das wusste man allerdings schon lange vor ihrem ersten Flug, und nicht nur das: Sie überstieg nicht zufällig die Kapazität der Menschen, denen sie dienen sollte. Sie war so konzipiert.

Ihr Antrieb war bahnbrechend, was Reichweite und Geschwindigkeit anging, aber so temperamentvoll, so erratisch, dass kein Steuermann ihn hätte bändigen können, ganz gleich, wie viele Computer ihm dabei zur Seite standen. Ihre Schutzschilde, die stärksten, die je auf einem Schiff montiert worden waren, mussten ständig überwacht, moduliert und rekonfiguriert werden, um ihren Kollaps und damit die Implosion des ganzen Schiffes zu verhindern. Der Überlichtantrieb schließlich, so hieß es, verweigerte sich ganz jedem rationalen Zugang. Der Navigator der Kassandra musste ein Superhirn sein und gleichzeitig die Intuition und die Weisheit eines Zen-Buddhisten an den Tag legen. Wie ein Kapitän beschaffen sein musste, der dieses ganze explosive Gemisch zu einer flüssig funktionierenden Maschine verband, wollte man sich nicht einmal vorstellen.

„Wieso war das ein Skandal? Und was hat das alles mit ihr hier zu tun?“, frage ich. Landis hat während seiner Erzählung den Blick nicht von der verkabelten Leiche abgewendet.

„Weil es gar nicht darum gegangen ist, wie man eine außer

Kontrolle geratene Technik dem Menschen anpassen konnte. Sondern umgekehrt."

Ich sehe der Toten noch einmal in die ausdruckslosen Augen. Mir fällt ein, was mein Kapitän gesagt hat. Dass die Cassandra das eine Schiff war, das nie hätte gebaut werden dürfen. Dass ihr Konstrukteur den Menschen seiner Technik, seinem Götzen, untertan gemacht habe. Vielleicht war das übertrieben. Aber was, wenn der Erbauer der „Cassandra" tatsächlich diesen einen Schritt zu weit gegangen war, ein Konstrukt erschaffen hatte, das den Menschen hinter sich gelassen hat, unfähig, mit ihr mitzuhalten? Würde er, würde irgendjemand den Schritt wieder zurück machen, die entfachten Kräfte ausbremsen oder eine künstliche Intelligenz wieder so weit verdummen, dass Menschen noch mit ihr reden können? Oder ist die logische Konsequenz nicht viel eher, das Gleichgewicht wiederherzustellen, indem man stattdessen den Menschen – besser macht?

Ich lasse das Haar der Toten zurückgleiten und widerstehe nur mühsam der Versuchung, ihr über die Schläfe zu streichen, so sehr tut sie mir leid. Dann stehe ich auf, löse mich, bringe mich mit einem Ruck wieder ins Hier und Jetzt zurück. Wir müssen weiter. Unsere Aufgabe ist es, diesen Höllenkahn irgendwie in Richtung Salafir II zu manövrieren. Bei dem Gedanken sinkt mein Mut. Ist das überhaupt möglich? Oder haben wir nur einen fliegenden Sarg gegen eine größere Grabkammer eingetauscht? Wenn sich die „Cassandra" von niemandem beherrschen lässt, weshalb sollte sie sich dann ausgerechnet uns beiden fügen?

Der Raum hat zwei Ausgänge, einen nach rechts, Richtung

Schiffsmitte und damit vielleicht zum Maschinenraum, einen am Kopfende, wo es zur Kommandobrücke gehen muss, die wir von außen gesehen haben. Wir entscheiden uns für den Bug. Zwar würde man im Maschinenraum noch am ehesten dem uralten Reaktor wieder Leben einhauchen können – aber wir haben ja gesehen, dass die „Cassandra" noch fliegt, und jemand oder etwas ist dort auf der Brücke, dem wir uns stellen müssen, wollen wir auch nur die geringste Chance haben, über den Kurs dieses Geisterschiffes zu bestimmen.

Der Weg führt uns an verlassenen Unterkünften vorbei, in denen die Kojen und die persönlichen Gegenstände ihrer Besitzer von einem dicken Staubteppich überzogen sind. In langen Korridoren entdecken wir immer wieder Spuren von Kämpfen, aber keine Leichen mehr. Die finden wir erst wieder, als wir schon fast ganz vorne angekommen sein müssen. Wir passieren zwei Räume, von denen ich in einem eine Art Sicherheitszentrale zu erkennen glaube, während der andere das Navigationsdeck sein mag. In jedem liegen drei Leichen, aber sie weisen keine Verletzungen auf. Nicht im herkömmlichen Sinn jedenfalls. Jede von ihnen liegt rücklings in einer ergonomischen Liege, aus deren Basis ein Gewimmel aus Schläuchen und Kabeln quillt, nach oben zieht, in Löchern am Boden der Liegen verschwindet – gleich unter den Körpern der Toten. Es scheint sie nicht gestört zu haben, dass man ihnen in Rücken, Hüfte, Nacken und Schädel mehrere Buchsen eingespannt hat, über die sie nun mit den Anlagen ihrer jeweiligen Stationen verkabelt sind. Die Lider ihrer eingefallenen Augen sind immer noch geschlossen, als schliefen sie nur. So wie es aussieht, waren die Liegenden nicht so ohne weiteres mehr von ihrer Unterlage zu trennen. Ich glaube sogar, ab diesem Stadium war das gar nicht mehr vorgesehen.

Ein paar der seltsamen dünnen Fäden sind auch hier zu sehen, aber sie sind in der Unterzahl. Im Gegensatz zu den stehenden Toten in der Nähe der Schleuse wirkt alles hier sauberer, geordneter, weniger brutal und invasiv. Diese Verschaltung der Lebenden mit den Maschinen war gewollt und geplant. Neben jeder Liege steht eine Konsole, die nach medizinischer Überwachungsausrüstung aussieht. Wahrscheinlich haben sie einst jeden Herzschlag, jeden Atemzug dokumentiert, aber jetzt sind sie ebenso tot wie die Körper ihrer ehemaligen Patienten, mit denen sie immer noch verbunden sind.

Mit einem Schauder wenden wir uns ab. Es sind nur noch wenige Schritte bis zu einer breiten Treppe, die mit ein paar Stufen zur Kommandobrücke hinaufführt. Hier wandelt sich das Bild wieder: Die Spuren eines erbitterten Gefechts sind unübersehbar, das gewaltige, flach ovale Sicherheitsschott hängt geborsten in seinem Rahmen. Zum ersten Mal sehen wir Tote, übersät von Einschusslöchern und Verbrennungen, die einfach auf dem Boden liegen, zwischen Trümmern, liegengelassenen Waffen und Schutt.

Die Brücke liegt im Dunkeln, wenn auch das trübe Glimmen einiger Funktionslämpchen anzeigt, dass hier noch Energie zur Verfügung stehen muss. Schwach ist durch die Sichtfenster am anderen Ende das Sternenmeer zu erkennen. Von dem blassblauen Leuchten und den huschenden Gestalten, die wir von außen gesehen zu haben glaubten, ist nichts zu sehen. Wir wagen uns zögerlich voran, die Spuren der Gewalt sind zu deutlich und mahnen zur Vorsicht, wie lange auch immer sie hier unbewegt auf uns gewartet haben. Als Landis sich an der Wand der Zentrale entlangtastet, muss irgendein uralter Sensor aus seinem Schlummer erwacht sein, denn mit einem Knistern und Flackern schaltet sich eine Notbeleuchtung ein und taucht die Brücke in einen geisterhaften Kontrast aus düsterem Rot und Schwarz. Und direkt vor mir schwebt, aufgehängt an hunderten, tausenden obszön verschlungenen Drähten und Schläuchen, ein Mann mitten in der Luft und starrt mich an.

Mein Herz hämmert wie wild, auch als mir längst klar ist, dass dieser Mann so tot ist wie alle anderen, die wir vor ihm gefunden haben. An den wenigen Stellen, an denen keine Leitungen seine Haut durchbohren, kann ich Fetzen und Reste einer ehemals prächtigen Uniform erkennen. Ich bin überzeugt, den Kapitän der „Cassandra“ gefunden zu haben. Die Bündel von Kabeln, die sich von seinem Körper zur Decke ziehen, halten ihn schräg ausgestreckt, die Füße nach hinten unten, den Kopf hoch über mir und auf mich herabblickend. Seine Arme sind halb ausgebreitet, die Ellenbogen höher als die schlaffen Hände, aber praktisch jeder Quadratzentimeter Haut ist durchbohrt wie von Saugrüsseln eines alptraumhaften Insekts. Als ich mich überwinden kann, mich ihm zu nähern, erkenne ich, dass er tatsächlich nicht eine einzige Buchse in seinem Fleisch trägt. Dieser Mann hat sich nicht freiwillig mit dem maschinellen Teil des Schiffes verbunden. Die Kontakte wurden in ihn hineingetrieben, gewaltsam und ohne Rücksicht auf Schäden. Ob der Mann nach dieser Prozedur auch nur eine Minute gelebt hat, vermag ich nicht zu sagen. Wie zur Krönung wurde ihm der Bolzen einer Datenkupplung mitten in die Stirn getrieben, durch den Knochen, bis ins Gehirn. Seine Augen sind weit aufgerissen, die Lider verschrumpelte, dünne Streifen, der Mund steht ihm weit offen.

Landis und ich können den Blick nicht abwenden, und uns gehen vermutlich die gleichen Fragen durch den Kopf. Was ist hier geschehen? Wer hat das getan, und warum? Und vor allem: Ist derjenige noch hier, auf diesem Schiff? Erst eine Weile später übernehmen praktische Erwägungen die Kontrolle, und wir widmen uns dem eigentlichen Ziel unserer Erkundung. Die Toten sind tot, das blaue Leuchten war vielleicht nichts als eine Halluzination unserer überreizten Nerven. Die Bewegungen des Schiffes folgen den Befehlen eines erratischen, defekten Autopiloten, und den gilt es zu identifizieren. Danach können wir uns darum kümmern, die bedauernswerten Opfer des ersten Fluges der „Cassandra" zur Ruhe zu betten.

Es ist erstaunlich einfach. Zwar schweigt der Hauptcomputer hartnäckig und reagiert nicht auf unsere Versuche, ihn in Gang zu setzen, aber eine Nebenkonsole lässt sich aktivieren. Wir erkennen rasch, dass es sich um eine Notfallautomatik handelt, die es selbst einem einzelnen Überlebenden ermöglichen soll, das Schiff zumindest heil in die Nähe eines bewohnten Planeten zu bringen, wo ihm geholfen werden kann. Die Automatik übernimmt praktisch alle Funktionen, drosselt dafür aber die Leistungen aller Aggregate, so dass selbst aus dem schnellsten Sternenklipper ein träger Pott wird, der langsam, aber zuverlässig dem rettenden Ziel entgegendümpelt. Wir müssen kaum etwas anderes machen, als uns auf den Sternenkarten zurechtzufinden und ein Ziel auszuwählen.

Die Automatik erweckt Aggregate zum Leben, die noch vor wenigen Stunden unter hoher Last gelaufen sein müssen, als unser Frachtschiff versucht hat, die „Cassandra" im Asteroidenfeld abzuhängen. Trotzdem kommt es mir vor, als erwache da ein alter, graubärtiger Titan aus einem tiefen, Jahrhunderte währenden Schlaf, schüttle Erde und Staub von sich ab, um zu testen, ob Arme und Beine ihren Dienst noch tun. Von fern, aus den Gängen und den Räumen voller unbeweglicher Leichen, dringt ein Summen, ein Vibrieren, ein Dröhnen. Schließlich erwachen die Triebwerke, beinahe hektisch, speien einen Feuerstrom ins All und werfen uns nach vorn, einer neuen Hoffnung entgegen. Die Automatik verrät, dass wir im Moment kaum zehn Prozent unserer Kapazität ausschöpfen, und trotzdem ist die Beschleunigung bemerkenswert. Wenn das stimmt, und wenn das Schiff zuvor in einem normalen, nicht gedrosselten Modus geflogen ist, dann hat es von Beginn an nur mit uns gespielt. Dann hatten wir nie eine Chance.

Die Automatik hat den Kurs gespeichert, sie wird uns durch die blaue Zone bringen, die in ihren Karten natürlich nicht blau ist, und weit genug vor Salafir II stoppen, damit wir einen Funkspruch absetzen können, bevor man uns noch zu früh entdeckt und womöglich aus lauter Angst abschießt. Das lässt uns Zeit, uns einer bedrückenden Pflicht zu widmen. Ich möchte als erstes den Kapitän zu Boden lassen und ihn von allen Kabelenden befreien, die seinen Körper befallen haben. Aber unser Erstaunen ist groß, als wir feststellen müssen, dass wir weder die Kabel zu zerschneiden vermögen, noch ihre Enden aus dem Leichnam ziehen können. Nicht einmal die wurzelartigen Fäden, die sich aus einem Strang an der Decke zu dem toten Kapitän hinunterwinden, ihn wie ein Seidenkokon umgeben und sich in jedes Stück Haut gebohrt haben, das von den Kabeln unberührt geblieben ist, lassen sich durchtrennen. Und innerhalb des Leichnams verzweigen sie sich, winden sich um jeden Muskel, jeden Knochen, so dass wir den Toten in kleine und kleinste Stücke schneiden und von all den Fäden freipräparieren müssten, um ihn zu entfernen. Dazu verspüre ich weder die Neigung, noch haben wir die Zeit. Auch alle anderen Toten bleiben, wo sie sind. Also bleibt uns nichts übrig, als zu warten.

Wir beschäftigen uns, indem wir vergeblich versuchen doch noch den Hauptcomputer zu starten, und wir suchen im Notsystem nach Dateien, die irgendetwas von dem erklären, was wir hier vorgefunden haben. Aber es gibt nichts. Immerhin können wir aus der Trajektorie und dem gemächlichen Tempo, das die Automatik einschlägt, berechnen, dass wir das Asteroidenfeld erst in vielen Stunden verlassen werden. Wir machen uns notgedrungen Gedanken, wo wir schlafen werden. Unsere Rettungskapsel ist zwar der bei weitem am wenigsten erschreckende Ort, aber sie ist winzig, und ich möchte nicht die ganze Nacht befürchten müssen, irgendjemand, der sich doch noch auf der „Cassandra" verbirgt, könnte uns wieder abstoßen. In der Zentrale zu schlafen, unter dem toten Blick des gefolterten Kapitäns, das bringe ich nicht über mich. Wir entschließen uns daher, noch ein paar weitere Räume zu erkunden, um einen geeigneten Platz zu finden. Es geht einen Gang nach achtern, parallel zu dem, über den wir nach vorn gekommen sind, und genauso dunkel. Rasch finden wir die Kapitänskajüte, deren Tür zunächst verschlossen ist. Sie lässt sich aber problemlos öffnen, und im Inneren ist sie frei von Staub und Kondenswasser. Wir fühlen uns nicht im Geringsten versucht, im Bett des Toten zu schlafen, sondern breiten hinter einem Raumteiler, umgeben von Regalen und Schränken, unsere Thermosäcke aus.

Eigentlich möchte ich mich noch etwas umsehen, etwas über den Mann lernen, der die „Cassandra" hat führen sollen, ihr aber dann nur zum Opfer gefallen ist. Mit einem Mal überfällt mich aber die Müdigkeit. Ich denke mir erst nichts dabei, schließlich ist das ganz natürlich, wenn erst mal die Anspannung abfällt. Aber das ist es eben – die Anspannung ist nie abgefallen, wie könnte sie auch, auf diesem Schiff der Toten? Ich starre Landis an, kann kaum richtig fokussieren, und dann ist da auch noch ein lauter werdendes Brummen in meinen Ohren, nein: Mitten in meinem Kopf. Es bohrt sich in meine Gedanken, püriert sie zu einem feinen Brei, und kurz bevor ich zu Boden sinke, trifft mich noch eine Wahrnehmung, so plötzlich wie ein Faustschlag ins Gesicht: Das Deckenlicht ist angegangen, und ich höre Stimmen. Dann wird es Nacht.

4.

Als ich wieder zu mir komme, ist es finster. Auch unsere Taschenlampen sind aus, ich sehe die Hand vor Augen nicht, und mir klopft das Herz bis zum Hals. Was ist, wenn ich Licht mache, und eine der vertrockneten Leichen liegt gleich neben mir oder hängt über meinem Kopf? Ihre erstarrten Gesichter, die geschrumpften Lippen und die gebleckten Zähne gehen mir nicht aus dem Kopf.

„Landis", flüstere ich. Beim dritten Mal erhalte ich eine gemurmelte Antwort. Beim vierten Mal ist er wach. Gemeinsam schalten wir unsere Taschenlampen ein. Der Raum ist genauso leer wie wir ihn betreten haben. Unsere Chronometer zeigen an, dass mehr als zehn Stunden vergangen sind. Landis kann sich genauso wenig wie ich erklären, was uns widerfahren ist, aber auch er erinnert sich an das Brummen und das Licht. Er weiß noch etwas anderes zu berichten: Eine Sekunde, bevor das Licht angegangen ist, hat er ein schwaches, blassblaues Glühen gesehen und gespürt, wie ihm die Haare auf dem Arm zu Berge standen. Ich kann nur vermuten, dass sich ein Energiefeld aktiviert hat, vielleicht durch irgendeine fehlgesteuerte Sicherheitsautomatik?

Wir verlassen die Kajüte und gehen in Richtung Brücke. Wir müssten gerade die letzten Ausläufer des Asteroidenfeldes passieren. Aber niemand kann sich unseren Schrecken vorstellen, als wir die Brücke so tot vorfinden wie bei unserem ersten Besuch. Die Notautomatik ist abgeschaltet, das Schiff treibt. Und durch die Sichtscheiben sehen wir ein Meer von Felsbrocken, das uns umgibt.

Landis schaltet die Automatik erneut an, und sie startet auch gleich. Den Karten können wir entnehmen, dass die „Cassandra“ in den zehn Stunden unseres totengleichen Schlafes eine große Distanz zurückgelegt hat, und zwar ist sie die ganze Strecke, die wir zuvor in Richtung Salafir II hinter uns gebracht hatten, geradewegs wieder zurückgeflogen, und dann noch ein Stückchen weiter. Wir befinden uns nun mitten im Zentrum dessen, was im Holotank unseres Frachters als blaue Zone markiert gewesen ist. Wir sind weiter von unserer Rettung entfernt als je zuvor.

Es ist ein Schlag in die Magengrube. Sind wir verdammt, für alle Zeiten wie Sisyphos gegen einen Berg anzukämpfen, nur um mit unserem Felsbrocken wieder und wieder an dessen Fuß zurückgeworfen zu werden? Aber was sollen wir tun? Es bleibt uns nichts übrig, als es erneut zu versuchen, also geben wir den Kurs ein zweites Mal ein. Die „Cassandra“ macht sich wieder auf den Weg aus dem Asteroidenfeld hinaus, und wieder zieht sie so gemächlich dahin wie schon beim ersten Mal. Die Automatik lässt sich mit keinem Mittel dazu bewegen, mehr als zehn Prozent Leistung auf die Triebwerke zu geben, und der Hauptcomputer verweigert uns nach wie vor den Dienst.

Die Stunden gehen dahin, während wir das Schiff durchsuchen nach jemandem, der sich versteckt gehalten haben könnte, um während unseres Schlafes das Schiff zu kommandieren. Aber vergeblich. Es sieht überall so aus, wie wir es schon kennen: Tote, Staub, Verfall. Die wesentlichen Aggregate aber funktionieren noch, also könnte, müsste es zu schaffen sein, mit diesem Schiff nach Salafir II zu kommen – wenn uns nicht wieder der Schlaf übermannt und irgendjemand zunichte macht, was wir den Tag über geleistet haben. In der Sanitätsstation finden wir ein paar kryokonservierte Aufputschmittel, die selbst jetzt noch ihre Wirkung tun werden. Wir nähern uns mit jeder Minute weiter der Grenze des Asteroidenfeldes, und dieses Mal werden wir versuchen, wach zu bleiben. Mir kommt eine verrückte Idee: Ich schicke Landis in die Kabine zurück, genau wie vor fast fünfundzwanzig Stunden. Er soll dort sein Lager aufschlagen und prüfen, ob das blaue Glimmen, das Summen und die Müdigkeit wiederkommen. Ich selbst aber verstecke mich in einer Ecke der Brücke hinter einer Servicekonsole und nehme mein Aufputschmittel. Dann warte ich.

Von meinem Versteck aus sehe ich nicht viel. Seitlich kann ich die Funktionsanzeige der Notautomatik erkennen und einen schmalen Streifen des Eingangsschotts. Nach oben sehe ich einen Teil des Kabelgewirrs und die linke Hand des toten Kapitäns, die unbeweglich in der Luft schwebt. Die Minuten fließen träge dahin, ohne das Mittel wäre ich längst eingeschlafen. Mit einem Mal unterbricht ein scharfer Piepton die Stille. Ich recke den Kopf zur Seite: Das war die Notautomatik. Ich kann die Funktionsanzeige nicht mehr sehen. Sie muss sich abgeschaltet haben. Einen Moment später rattert etwas, ein Kühlaggregat springt an, rasch wechselnde Lichtreflexe huschen über die Decke. Der Hauptcomputer, begreife ich. Er hat sich angeschaltet, und folglich wurde die

Notautomatik deaktiviert. Ich spüre, wie der Boden unter mir vibriert. Ich kann mir nicht sicher sein, aber ich vermute, das ist das Triebwerk, das eine Kursänderung durchführt.

Eine Weile geschieht nichts. Ist es einfach nur der Computer, der einem uralten, festgefahrenen Programm folgt? Aber hieß es nicht, das Schiff sei auch mit noch so viel Computerunterstützung nicht zu fliegen? Kann es dann der Bordcomputer ganz ohne Menschen tun? In Gedanken versunken sehe ich es nicht gleich, als sich an der Decke etwas bewegt. Als ich es bemerke, bleibt mir fast das Herz stehen: Die Hand, die über mir in der Luft hängt, diese tote Hand krümmt sich langsam! Ich halte mir den Mund zu, um nicht durch ein Keuchen auf mich aufmerksam zu machen. Dann stutze ich. Etwas stimmt nicht. Die Hand scheint sich zu bewegen und doch stillzustehen. Und sie leuchtet schwach, in einem zarten Blauton. Schließlich löst sich eine Erscheinung aus dem toten Fleisch, ätherisch, halb durchscheinend, und zieht sich aus meinem Blickfeld zurück. Ich beuge mich ungläubig zur Seite, als ich das Geräusch eines Stiefelpaares höre, das auf dem metallenen Boden der Brücke aufkommt. Wenig später marschiert eine Gestalt in makelloser Uniform, ohne jeden Einstich, jede Verkabelung, durch das Schott hinaus in den Schiffskörper, ganz unverkennbar der Kapitän wie er leibt und lebt, aber auch ganz eindeutig substanz- und körperlos. Obwohl – so ganz stimmt das nicht. Die Schritte des Kapitäns hallen schließlich noch eine Weile durch den Korridor. Wie passt das zu einem – ich will es nicht mal denken, aber der Begriff drängt sich eben doch auf – einem Geist?

Dann setzt das Summen wieder ein, ich sehe ein Flirren vor den Augen und höre das Blut in meinen Adern pochen. Tatsächlich flimmert die Luft bläulich, und ich verstehe, dass ein Energiefeld eingeschaltet worden ist, ähnlich den Neurosuppressoren, die von den Sicherheitskräften auf meiner Heimatwelt verwendet werden, um mit gewaltbereiten Menschenmengen fertig zu werden. Ich schlafe nicht ein, nicht richtig, aber meine Gedanken verschwimmen, die Wahrnehmungen geraten durcheinander, und die Ereignisse der nächsten zehn Stunden sind ein einziger Wirbel. Ich höre Unterhaltungen, Arbeitsgeräusche, einen heftigen Streit, ein paar schlimme Flüche, dann lange nichts. Und dann wird mit einem Mal gekämpft, geschrien, gestorben. Am Ende betreten mehrere der durchscheinenden Gestalten die Brücke, schleifen einen schreienden, fluchenden Mann in einer zerrissenen Uniform mit sich, der sie erst versucht zum Gehorsam zu verdonnern und sie dann verflucht, als sie ihn emporheben. Was dann passiert, kann ich nicht mehr sehen, aber ich kann es mir denken, bei den grässlichen Schreien des Kapitäns. Der letzte Laut ist das Zischen eines Bolzenschussgerätes, dann entfernen sich die blauen Gestalten wieder. Es wird ruhig im Schiff. Die Vibrationen verebben, eine nach der anderen verlöschen die Lampen. Auch das Summen wird leiser, bis es nicht mehr zu hören ist. Meine Gedanken werden wieder klarer, als hätte ich erst eben den ersten Atemzug getan, seit der Spuk begonnen hat und damit auch jetzt erst meine Gehirnzellen wieder mit Sauerstoff versorgt. Zuletzt, die Brücke ist schon wieder fast in Dunkelheit getaucht, schaltet sich der Hauptcomputer ab. Ich muss nicht erst in den Sternenkarten nachsehen, um zu wissen, dass wir uns wieder genau da befinden, wo wir vor einem Tag losgeflogen sind.

Auf dem Weg zur Kapitänskabine kommt mir Landis entgegen. Er sieht übernächtigt und mitgenommen aus. Rasch tauschen wir uns aus. Auch er hat Besuch von durchscheinenden Gestalten bekommen und ihrem Treiben mit einer stupiden Benommenheit zusehen müssen. Immerhin hat er den Kapitän erkannt, begleitet von einem Mitglied der Besatzung. Wir sehen uns im Schiff um, bis er meint, es könne sich um einen Mann gehandelt haben, dessen Leiche auf den Stufen vor der Brücke liegt, mit schweren Verbrennungen die ganze rechte Seite entlang. Wir finden eine ID-Karte in seiner Uniformjacke. Akim Chirnov, Sicherheitsoffizier. Landis erzählt, dass die beiden Gestalten sich an einen Tisch in der Kajüte des Kapitäns gesetzt und eine Unterredung geführt haben, der er aufgrund seiner Benommenheit kaum hat folgen können. Nur ein Begriff fiel immer wieder, der sich wie ein Name anhörte und den die Männer wie einen Fluch aussprachen, es klang wie ‚Ashra-hel‘ oder ‚Hazra-il‘, genau war es nicht zu verstehen. Die Diskussion wurde immer lauter und erregter, bis der Kapitän schließlich voller Zorn auf den Tisch geschlagen und sich aus einem Safe eine Strahlwaffe geholt und umgebunden hatte. Alles Weitere war, ganz wie bei mir, Geschrei, Kampfeslärm, dann Stille.

Ich glaube nicht an Geister, ganz gleich, wie skeptisch Landis mich ansieht, als ich das sage. Aber ich bin mir sicher, dass hier im Rhythmus eines Tages der alten Erde, der unter heutigen Raumfahrern nicht mehr benutzt wird, vor hundert

Jahren aber wahrscheinlich noch gültig war, immer wieder dasselbe geschieht, eine alte Tragödie wieder und wieder aufgeführt wird mit dem immer gleichen Ergebnis. Und mittendrin stecken wir mit Nahrungsvorräten, die allmählich zur Neige gehen. Noch ein paar Tage, eine Woche höchstens, und wir können uns zu den anderen legen und daran arbeiten, unseren Rückstand im Austrocknen aufzuholen. Ich habe das nicht vor, vor allem, weil mich der irrationale Gedanke schreckt, dass womöglich auch wir als körperlose Schemen auferstehen, um die Geschichte unserer gescheiterten Flucht bis ans Ende aller Zeiten nachzuerzählen.

Wir beschließen, erst einmal nicht wieder zu versuchen, die Steuerung über die „Cassandra" zu übernehmen. Wir müssen in Erfahrung bringen, was hier geschieht, wenn uns das summende Energiefeld aufs geistige Niveau von Schwachsinnigen zurückwirft, wie und weshalb der Hauptcomputer des Schiffes erwacht und warum er das Schiff immer wieder zurück steuert. Wir müssen verstehen, was hier vor hundert Jahren geschehen ist. Und dann müssen wir einen Weg finden, die Geschichte abzuändern und ihre erneute Wiederholung zu verhindern. Wir haben viel vor, und wir wissen nicht einmal, mit was genau wir uns da anlegen. Wir wissen nur, dass es keine Alternative gibt.

Wenn die Ereignisse so regelmäßig ablaufen wie wir vermuten, haben wir vierzehn Stunden Zeit. Ich werde versuchen, ein Mittel gegen das Energiefeld zu finden, das uns jedes Mal außer Gefecht setzt, während Landis sich die verschiedenen Computer an Bord vornimmt, um vielleicht etwas über das Schiff, seine Besatzung und seine Mission herauszufinden. Mein alter Buchhalter ist schon immer gut darin gewesen, Computern zu Leibe zu rücken und verborgene oder bruchstückhafte Informationen auszugraben und zu einem klaren Bild zusammenzusetzen. Wir trennen uns, so ungern wir das auch tun. Als wir uns vier Stunden später wieder treffen, bringe ich zwei tragbare Schirmfeldgeneratoren mit, die ich in der Sicherheitszentrale gefunden habe. Leider sind ihre Batterien zerstört worden. Bisher habe ich keine intakten Batterien gefunden, die vielleicht wieder aufzuladen wären, aber noch gebe ich nicht auf. Landis überrascht mich erst mal damit, dass er die Notautomatik dazu bringen konnte, das Interkomsystem wieder zu aktivieren. Wir werden miteinander sprechen können, wenn wir uns separat durch die toten Eingeweide des Schiffes wühlen.

Dann berichtet er, dass der Hauptcomputer auf keinen Versuch reagiert, ihn zu aktivieren. Er wischt sich müde über die Augen, knetet die Nasenwurzel und fährt sich über die Bartstoppeln. Die Strapazen sind ihm ins Gesicht geschrieben, und auch die Gesellschaft des gemarterten, aufgehängten Kapitäns während der letzten vier Stunden hat ihm wohl zu schaffen gemacht. Als er nicht weiterkam, hat er schließlich sogar versucht, das Gehäuse des Rechners aufzubrechen, um ihn zur Not einfach vom Netz zu nehmen. Aber es verwundert nicht, dass das zentrale Gehirn des Schiffes gar nicht in der Zentrale untergebracht ist, sondern hier nur seine Peripheriegeräte hat. Zweifellos befindet sich der Hauptcomputer in irgendeinem Technikschacht, und es würde mich auch nicht verwundern, wenn er durch eine gepanzerte Verkleidung und Schirmfelder vor äußeren Einflüssen geschützt ist.

Aber einen Erfolg hat der Buchhalter doch noch zu verkünden: Auf der Suche nach einem Zugang zum Computersystem ist Landis auf einen eingekapselten Extra-Speicher gestoßen. Seiner Meinung nach handelt es sich um eine Art Black Box, eine Einheit zur Dokumentation der Entscheidungen und Handlungen, die auf der Brücke dieses Schiffes stattfinden. Nach einiger Suche gelingt es uns, den Stromkreis, über den die Notautomatik versorgt wird, so zu erweitern, dass wir den Speicher und ein Wiedergabegerät daran anschließen können.

Das meiste ist belanglos: Kurskorrekturen, Positionsangaben, Statusberichte der verschiedensten Systeme. Nur eines wird wiederholt deutlich: Die „Cassandra" fliegt die meiste Zeit in einem stark gedrosselten Modus, langsamer und schwerfälliger, als wir es heute selbst von alten, zweitklassigen Schiffstypen kennen. Nur hin und wieder erhöhen sich die Leistungen von Antrieb, Navigation und Steuerung dramatisch und erreichen phantastische Werte. Es ist kein Bildmaterial enthalten, aber die Positionsdaten beschwören eine Vorstellung von einem Schiff herauf, das innerhalb des Durcheinanders aus Asteroiden und Staub wie ein Fisch im Wasser dahingleitet. Es tänzelt um Planetoiden herum, taucht durch die Eisregenspur dahinrasender Kometen und ahnt die Bahnen all der Felsbrocken voraus, wie ein Jongleur, der tausend Bälle gleichzeitig in der Luft halten kann.

Aber das hält immer nur wenige Minuten, manchmal nur Sekunden lang an. Dann melden Systeme, deren Zweck wir nicht erklären können, der Black Box, dass es „Interferenzen" oder „Abstoßungen" gegeben hat und das Experiment unterbrochen werden musste. Kurz bevor die Aufzeichnung endet, wird ein Funkspruch abgespielt. Zum ersten Mal sehen wir Bilddaten. Ein Gesicht blickt in die Kamera. Selbst ohne die Uniform hätte ich den Kapitän erkannt. Er blickt grimmig drein, fast wütend, und mir scheint, ihn plagt eine Sorge oder eine andere schwere Bürde, die auf ihm lastet.

„Kapitän Al-Sahad an das Wissenschaftliche Direktorat der Sternenakademie. Dies ist ein formaler Protest“, sagt er mit mühsam beherrschter Stimme. Er spricht mit starkem Akzent. Mir wird bewusst, dass sich die alten Erdensprachen damals noch lange nicht so abgeschliffen hatten wie heute, und dass das Standard-Idiom kaum mehr gewesen sein dürfte als ein künstliches, fremdartiges Konstrukt.

„Die Experimente gehen zu weit“, fährt der Kapitän fort. „Ich ersuche die Sternenakademie, entweder Herrn Direktor Azra'il von seinem Posten zu entbinden oder mich. Die Gefahren für die Besatzung meines Schiffes sind weit höher, als uns zuvor zu verstehen gegeben wurde, und der Direktor unternimmt nichts, um ihnen Rechnung zu tragen, eher im Gegenteil. Ich erwarte Ihre Antwort binnen vierundzwanzig Stunden, ansonsten sehe ich mich gezwungen, das Notstandprotokoll in Kraft zu setzen. Al-Sahad Ende.“

Wenig später endet die Dokumentation. Normalerweise geschieht das nur, wenn ein Schiff ein katastrophales Ende findet. Hier müssen wir davon ausgehen, dass jemand oder etwas den Speicher absichtlich vom Netz getrennt hat. Was wir erfahren haben, rundet das Bild zwar ab, das wir schon gewonnen hatten, aber es hilft uns nicht wirklich weiter. Außerdem fordert die Müdigkeit allmählich ihren Tribut. Wir erlauben uns fünf Stunden unruhigen Schlaf, der kaum erfrischt, aber dem Körper doch erlaubt, ein paar seiner Reserven wieder aufzufüllen. Wir genießen einen ausgiebigen Teil unseres übrigen Proviants. Ich sehe keinen Sinn darin, hauszuhalten. Entweder es gelingt uns bald, dem Spuk ein Ende zu bereiten, oder wir werden an Bord dieses Schiffes bleiben und tot und vertrocknet durch den Asteroidengürtel von Salafir streifen.

In der verbleibenden Zeit, bevor sich die Toten der „Cassandra" wieder erheben werden, gelingt es mir, zwei entladene, aber unbeschädigte Energiespeicher aufzutreiben. Es bleibt nicht viel Zeit, sie aufzuladen, und sie müssen reichen, dass uns die Schirmfelder zehn Stunden lang vor der Wirkung des Energiefeldes schützen. Ich hoffe inständig, dass uns das Schauspiel vom Untergang des modernsten Schiffes seiner Zeit einen Weg aufweist, diesem ewigen Kreislauf zu entkommen, zu dem seine Besatzung verdammt zu sein scheint.

5.

Wir stellen uns außen vor der Brücke zu beiden Seiten der flachen Treppe auf. Wenn der Kapitän kommt, wollen wir ihm folgen, jeden Teil des Dramas mitansehen. Die Schirmfeldprojektoren bleiben abgeschaltet. Das Summen ist immer erst gekommen, nachdem der Kapitän die Brücke verlassen hat. Wir müssen die Energie der Batterien so lange wie möglich schonen.

Wir wissen zwar was nun geschehen wird, aber zuzusehen, wie der Kapitän zu zucken scheint, als sich sein Geistkörper bewegt, bevor er sich löst und herabsteigt, lässt uns immer noch schaudern. Deutlich ist der Mann zu erkennen, der mit seinem letzten Funkspruch wahrscheinlich noch die Katastrophe angekündigt hat, der er später zum Opfer gefallen ist. Die Toten vor der Treppe dagegen bleiben unverändert liegen. Keine Erscheinungen, kein durchscheinender Leib. Das hatten wir so nicht erwartet.

Der Kapitän strafft seine Uniform, dann betritt er energischen Schrittes die Treppe. Er kommt so nahe an Landis vorbei, dass der sich nicht ganz beherrschen kann und zurückweicht. Dabei prallt er rücklings gegen die Wand, deren korrodierte Verkleidung scheppernd nachgibt. Ist es nur eine Illusion, dass die geisterhafte Gestalt ihren Schritt für einen kurzen Moment fast unmerklich verlangsamt? Ist da der kleinste Anflug von Aufmerksamkeit, ein angedeutetes Drehen des

Kopfes? Vielleicht, vielleicht auch nicht. Der Kapitän geht den Korridor hinunter, und wir folgen ihm. Als wir ein Quartier passieren, fasst mich Landis an der Schulter. Ich folge seinem ausgestreckten Arm und sehe eine Gestalt, blau und transparent natürlich, die auf einer leeren Koje sitzt. Keine sterblichen Überreste. Es passt irgendwie nicht zusammen. Und was für eine Art Geist ist das, der sich gähnend über sein durchsichtiges Gesicht reibt, dann lautstark die Nase hochzieht und etwas Unsichtbares auf den Kabinenboden spuckt? Die Szenerie wäre lustig, wenn uns die Körperlosen nicht noch immer so erschrecken würden. Wir verlieren den Mann aus den Augen, als wir dem Kapitän in seine Kajüte folgen.

Er setzt sich an einen kleinen Tisch, scheint zu warten, klopft nervös auf der Tischplatte herum. Als mit einem Mal eine weitere Gestalt zwischen uns steht, kann ich einen Schrei fast nicht mehr unterdrücken. Ein Mann mittleren Alters, in eine dunkle Offiziersuniform gekleidet, ist unvermittelt erschienen, in hastiger Bewegung, als sei er gerade durch die Tür hereingekommen. Kommentarlos setzt er sich seinem Kapitän gegenüber. Ich habe die ID-Karte von Akim Chirnov, dem Sicherheitsoffizier, noch in der Tasche. Zweifellos, es ist dieser Mann, und er liegt schrecklich zugerichtet am Fuß der Treppe zur Brücke. Was wichtiger ist: Dort gab es keine Kabel, keine Fäden. Dieser Mann war einfach nur tot.

Der Kapitän holt eine Flasche und zwei Gläser herbei, blau und durchscheinend wie die beiden Gestalten selbst, und sie unterhalten sich in einer Sprache, die sicherlich eine der alten Erde ist, und die ich leider nicht verstehe. Aber sie scheinen selbst Schwierigkeiten zu haben, miteinander zu kommunizieren. Wenn ich genau hinhöre, habe ich den Eindruck, dass das gar nicht nur eine Sprache ist, sondern zwei verschiedene, zwischen denen sie hin und her wechseln. Und jeder von beiden beherrscht von diesen Sprachen die, die der andere offenbar nur mit Mühe versteht. Glücklicherweise wechseln sie dann doch ins Standard-Idiom.

„Wir können nicht mehr warten", schnarrt der Offizier. „Ich habe Direktor Azra'il unmissverständlich aufgefordert, die Nav-Crew wieder aus dem Sensogrid zu entfernen. Das hat er rundweg abgelehnt. Er behauptet, das ginge auch gar nicht mehr, ohne ihnen permanenten Schaden zuzufügen. Und morgen hat der Bastard vor, die bereits vernetzten Maschinisten auf Level drei zu bringen. „Upgraden" nennt er das!"

Der Kapitän wirft sich den Inhalt des Glases in einem Zug in den Rachen. „Hast du Kontakt zu deinem Sicherheitsteam herstellen können?"

Der andere schüttelt den Kopf. „Katatonisch. Wenn von denen überhaupt noch was übrig ist, dann sind die eher auf Azra'il Seite." Er spuckt den Namen aus wie etwas Schimmliges, das er versehentlich in den Mund genommen hat. „Denen können wir nicht mehr trauen."

Der Kapitän knallt mit grimmiger Miene sein Glas auf den Tisch. Dann flucht er haltlos und wechselt wieder zu seiner Muttersprache. Wir sehen, wie das Gespräch lauter und hitziger wird, aber wir verstehen nichts mehr. Schließlich springen sie auf, bewaffnen sich und treten auf den Gang hinaus. Aber zuvor öffnet der Kapitän die Tür. Ich sehe deutlich, wie er den Knopf berührt und wie dieser nachgibt. Dieser Geist hat die Fähigkeit, feste Materie zu manipulieren!

Auf dem Gang verschwindet Chirnov urplötzlich, während der Kapitän nach links in einen Korridor abbiegt, vermutlich eine Abkürzung zu dem Kontrollraum nahe der Schleuse. Ich schwöre, als die Gestalt sich auflöst sind für einen kurzen Moment verzerrte Streifen zu sehen, die über sie hinweg flimmern. Was für eine Art Geist ist das eigentlich? Ist das alles nichts weiter als eine Projektion, ein 3D-Schauspiel in Unendlichkeitsschleife? Aber welche Projektion kann einen Knopf eindrücken?

Als mit einem Mal das Summen ertönt, vor dem ich mich die ganze Zeit gefürchtet habe, drückt eine seltsame Macht mein Bewusstsein flach, nimmt mir jede Kraft zum Denken und macht mich so furchtbar schläfrig, dass ich an Ort und Stelle einschlafen möchte. Ich versuche noch, den Schalter des Gerätes an meiner Hüfte zu betätigen, schaffe es aber nicht mehr. Es ist Landis, der meinen Schirmfeldgenerator einschaltet. Im gleichen Moment ist der Spuk verschwunden und ich wundere mich, wie der alte Buchhalter dem geistigen Druck so viel besser hat standhalten können. Vielleicht ist es die Monotonie seiner beruflichen Tätigkeit, die ihm eine gewisse Resistenz verliehen hat?

Wir folgen dem Kapitän, zu sehr bemüht, mit ihm Schritt zu halten, als dass wir Zeit hätten, über die merkwürdige Sache nachzudenken. Als wir ihn einholen, hat er gerade den Kontrollraum erreicht. Alle, die wir dort tot stehen oder sitzen gesehen haben, sind da, in ihrer astralen Gestalt. Aber einen Mann, der aufschaut, als der Kapitän hereinstürmt, kennen wir noch nicht. Er ist klein, kaum mehr als ein Meter sechzig, mit bronzefarbener Haut, soweit das durch den bläulichen Schimmer hindurch zu erkennen ist, und mit einem scharf geschnittenen Gesicht. Als ich ihn nur sehe, überkommt mich ein solcher Widerwille, wie ich es noch nie angesichts eines Unbekannten erlebt habe. Seine schmalen Lippen umspielt ein ständiges Lächeln, die Augen sind klein und stechend. Er hält gerade ein ölig schwarzes Kabel in der Hand, das nach vorn in einem dornartigen Stecker ausläuft. Mit der Linken hat er den Schädel eines Menschen umfasst, der an einer der Konsolen sitzt und schon über drei andere Leitungen mit ihr verbunden ist. Offenbar hat der Auftritt des Kapitäns ihn innehalten lassen, aber als dieser zum Stehen kommt, drückt der unheimliche kleine Mann den Dorn fest in eine leere Buchse am Hinterkopf des reglos dasitzenden Crewmitglieds. Mir fällt auf, dass ihn die Umstehenden schaudernd bis hasserfüllt ansehen, während ihm bei dem, was er tut, das Lächeln nicht eine Sekunde lang von seinen Lippen weicht.

„Was verschafft mir die Ehre?", fragt er ruhig.

Der Kapitän hebt zur Antwort seinen Strahler. „Treten Sie von Ihren Zombies zurück, Direktor", befiehlt er.

Ich kenne diesen Begriff nicht, aber es ist klar, dass er die reglosen, verkabelten Cyborgs meint.

„Ihre Experimente enden hier und jetzt. Sie sind zu weit gegangen, und Sie haben Ihre Kompetenzen überschritten. Dafür werde ich Sie vor Gericht bringen."

Der andere lacht. „Weshalb? Unter welcher Anklage? Ich habe von allen Einverständniserklärungen. Gezwungen wurde hier niemand."

„Vielleicht nicht am Anfang, aber was zählt es schon, wenn

Ihnen jemand für weitere und weitere Experimente sein Einverständnis gibt, dem schon das allererste den freien Willen genommen hat?"

„Ach kommen Sie, Kapitän." Die Mundwinkel des kleinen Mannes heben sich noch mehr. Zwischen seinen Lippen blitzt eine Reihe makelloser Zähne auf. „Der freie Willen? Glauben Sie wirklich noch an dieses Märchen? Das ist nur eins von vielen Dingen, die wir uns nicht mehr leisten können, wenn wir einen Sprung nach vorn machen wollen. Wenn wir–"

„– besser werden!", bellt der Kapitän synchron mit den nächsten Worten des schmächtigen Mannes. „Stärker werden!" Sein Widersacher verstummt. „Ich kenne Ihre Slogans, Azra'il. Und auch Ihre verquere Philosophie. Keine von Ihren willenlosen Handpuppen ist in irgendeiner Beziehung besser oder stärker geworden. Ich bezweifle, dass die armen Kerle in der dritten Phase überhaupt noch zu etwas zu gebrauchen sind."

„Tatsächlich?" Direktor Azra'il scheint den Schlagabtausch zu genießen. „Würden Sie es auf einen Test ankommen lassen?" Er betätigt einen Schalter an einem Kommunikationsarmband, ohne sich um die auf seinen Kopf gerichtete Waffe zu kümmern.

Diesmal ist es am Kapitän, zu lachen. „Ernesto? Kannst du bitte mal den Feed aus der Sicherheitszentrale auf einen Schirm bringen?"

Die geisterhafte Erscheinung des Technikers, dessen Leiche noch immer dort an der Wand lehnt, wo ich sie beim Betreten des Schiffes gefunden habe, nickt und nimmt ein paar

Schaltungen vor. Die drei Liegen in der Sicherheitszentrale sind zu sehen, auf denen verkabelte Gestalten gebettet sind. Aber sie sind nicht still, sondern vollführen einen zuckenden, verkrampften Tanz mit verdrehten Augen und Speichel vor dem Mund.

„Was glauben Sie, Azra'il? Zu was sind die jetzt noch gut?"

Das Lächeln weicht, wenn auch nur für eine Sekunde. In dieser Zeit blitzt eine Miene aus Hass und Verachtung unter der Maske hervor, die der seltsame Direktor sonst trägt. Dann hat er sich wieder im Griff. Als er den Mund öffnet, bringt er eine seltsame Kombination gutturaler Laute hervor. Vielleicht versteht der Kapitän deren Bedeutung, denn er erbleicht. Am Handgelenk seines Gegners piept etwas, wie zur Bestätigung eines empfangenen Befehls. „Das Spiel können zwei spielen, Kapitän, und wenn ich Sie jetzt bitten dürfte –"

Der Kapitän schießt. Der Einschlag wirbelt den schmächtigen Mann herum. Während sich die meisten der anderen Menschen im Raum zumindest wegducken, reagieren die Verkabelten nicht mal mit einem Drehen ihrer Köpfe.

„Sie Narr", krächzt Azra'il. Er hält sich den linken Arm, sein Gesicht ist vor Schmerz verzerrt und ihm steht Schweiß auf der Stirn. Aber das Lächeln ist noch da. Von fern erklingt das Geräusch abgefeuerter Strahlwaffen, bald gesellen sich Schreie hinzu.

„Die Brücke ist abgeriegelt und der Hauptcomputer reagiert nicht mehr", dringt die Stimme des Sicherheitsoffiziers über den Interkom. Das Fauchen von Blasterschüssen und statisches Rauschen überlagern die Mitteilung. „Die Techno-Zombies haben sich bewaffnet und uns angegriffen. Wir können die Stellung halten und bereiten die Sprengung des Schotts zur Brücke vor, aber wir werden bald Unterstützung brauchen. Es sind ziemlich viele, und–“

Der Kontakt bricht ab. Azra'il lacht und spuckt weitere gutturale Wortfetzen hervor. Einem weiteren Schuss kann er ausweichen, einen dritten fängt einer der verkabelten Menschen ab, die sich urplötzlich erheben und ihre einstigen Kameraden aus kalten Augen ansehen. „Geben Sie auf, Kapitän. Es ist zu spät, die Dinge sind in Bewegung. Sie können nicht widerstehen, und Sie können nicht weglaufen. Aber noch können Sie ein Teil des Ganzen werden!“

Der Kapitän zielt wieder auf die schmächtige Gestalt, die versucht, sich hinter ihren Kreaturen zu verbergen. Aber nichts geschieht, als er den Abzug betätigt. Die Energiezelle ist leer. Fluchend stampft er auf den Mann zu, der mehrere Haupteslängen kleiner ist als er, und packt ihn am Hals. „So ist es ohnehin besser“, knurrt er wild. „Kümmert euch um die“, weist er seine Crew an und deutet mit der freien Hand auf die Cyborgs, die sich auf ihre Konsolen gestützt haben und ihre Bildschirme intensiv anstarren. Ich kann sehen, wie sich an den Wänden die Spitzen zahlloser winziger Fäden aus den Fugen der Wandverkleidung hervordrücken, aber niemand sonst scheint das zu bemerken.

Direktor Azra'il röchelt, als der Kapitän ihm mit der Armbeuge die Luft abdrückt und ihn nach hinten zerrt in Richtung der Schleuse, an der immer noch unsere Kapsel angedockt ist. „Cassandra!“, bringt er mühsam hervor. „Kümmere du dich ... um die anderen.“ Wir folgen den beiden, drehen uns aber noch einmal um, als hinter uns überraschte Schreie erklingen. Wie Fresstentakel bohren sich hunderte der Fäden in jeden, der einer der Wände zu nahe steht. Zwei oder drei feuern in Panik ihre Waffen ab, treffen Freund und Feind, bevor ihre Arme an die Wände gerissen und dort fixiert werden. Wie es aussieht, ist der Prozess unbeschreiblich schmerzhaft. Ich würde ihnen gerne helfen, aber die Dinge, deren Zeuge wir werden, sind schon vor hundert Jahren abgelaufen. Ich besinne mich auf das, was uns im Augenblick wichtig ist, und eile dem Kapitän hinterher.

Ich hole ihn ein, als er Azra'il schon in die Schleuse geworfen und die Innentür verriegelt hat. „Seien Sie doch kein Idiot“, beschwört der Gefangene ihn. „Es gibt so vieles, was Sie noch nicht ...“

Der Kapitän betätigt den Hebel für den Notauswurf. Das Außenschott sollte sich nun öffnen, und den Inhalt der Schleuse mitsamt der enthaltenen Atemluft hinaus ins All befördern. Aber das geht nicht. Vor der Schleuse liegt unsere Kapsel.

Für einen Moment bleibt die Szene wie eingefroren stehen. Dann versucht der Kapitän es ein zweites Mal, stutzt, kneift die Augen zusammen und versucht, auf einem Bildschirm das Signal der Außenkameras zu interpretieren. Seine Bewegungen sind unsicher und stockend. Offenkundig weicht er von einem Protokoll ab, das für hundert Jahre absolute Gültigkeit hatte. Azra'il dagegen steht eingefroren in der Schleusenkammer und bringt seinen unterbrochenen Satz nicht zu Ende.

Endlich tasten die Finger des Kapitäns über die Abdeckung des Schalters, der die Sprengladungen aktiviert. Einen Moment später wirbelt unsere Kapsel hinaus ins Nichts. Auch das Außenschott öffnet sich, und das Vakuum saugt den schmächtigen Mann aus dem Schiff heraus. Aber auch seine Gestalt verschwindet, flackernd, noch bevor sie das Schiff ganz verlassen hat. Ich beginne zu verstehen. Chirnov und Azra'il haben eines gemeinsam. Sie sind gestorben, ohne der Invasion der Kabel und Fäden zum Opfer zu fallen. Was ich von ihnen gesehen habe, das waren bloße Projektionen, Hologramme, die nur stupide das abspulen können, was ihre Originale vor hundert Jahren getan haben. Variationen gibt es nicht, und ein Satz, der nie beendet worden ist, muss auch jetzt unvollendet bleiben. Aber der Kapitän ... mit dem verhält es sich anders.

Es wirkt fast, als begreife die geisterhafte Erscheinung des Kapitäns das gerade selbst. Er steht vor dem Innenschott und lässt seine Hände langsam am Schaltpaneel hinabgleiten. Er starrt auf seine blau schimmernde Hand, als sehe er sie zum ersten Mal. Gerade will ich mich vor ihn stellen, ihn ansprechen, ihn zwingen, meine Existenz anzuerkennen, als Männer mit steinernen Gesichtern und zerrissener Kleidung um die Ecke kommen, ihre Haut übersät von Buchsen und Anschlüssen. Ein paar von ihnen bluten aus Schusswunden, beachten das aber gar nicht. Sie ergreifen den Kapitän und zerren ihn mit sich, durch den Korridor, an seinen Crewmitgliedern vorbei, deren Fleisch von dünnen Fühlern durchwuchert wird und die vergeblich um Hilfe schreien. Wie ein Stück Vieh wird der Kapitän einem anderen Trupp von Kabelträgern übergeben, während die erste Gruppe ihre Positionen an den Konsolen wieder einnimmt. Selbst von denen, die an die Wand gefesselt worden sind, kommen jetzt einige zur Ruhe und stieren nur noch hohl vor sich hin, während ihnen der Speichel aus dem Mund läuft.

Wir folgen dem Weg des Kapitäns und überall ist es das gleiche. Seine Getreuen haben die Schlacht verloren. Wo einer von ihnen noch am Leben ist, nehmen die Fühler des kybernetischen Wesens, das Azra'il aus der „Cassandra" gemacht zu haben scheint, sich seiner an und suchen den Kontakt zu jedem Nerv, jeder Zelle, so tief sie auch liegen mag. Als ich sehe, wie sich die Gefangenen und Verwundeten, denen das geschieht, vor Grauen und Schmerzen winden, beneide ich beinahe die Toten. Dann aber erinnere ich mich, dass wir noch leben, noch frei sind, und ich nicht vorhabe, das Schicksal irgendeines der Männer der „Cassandra" zu teilen.

Sie bringen den Kapitän zur Brücke. Ich weiß, was sie dort mit ihm machen werden, und ich muss das nicht sehen. Stattdessen mache ich an der Sicherheitszentrale halt. Die verdrahteten Cyborgs, die ich auf den Bildschirmen habe zucken sehen, sind nicht tot, stattdessen scheinen sie jetzt zu schlafen. Aber ich sehe das Erbrochene, die blutigen Flecken rund um ihre Augen und Nasenlöcher. Was hat diese drei derart außer Gefecht gesetzt? Auf dem Boden vor einer der Liegen finde ich ein zerbrochenes Kästchen. Es wirkt als habe es jemand mit einem kräftigen Tritt zerstört. Ein paar geborstene Platinen und lose Drähte ragen aus dem Gehäuse heraus. Es schimmert bläulich, schließlich war es eine Requisite der heutigen Aufführung. Aber da, wo es nun liegt, da liegt es auch heute noch, stofflich und greifbar.

Die Schreie des Kapitäns sind inzwischen verstummt, die

Diener des verblichenen Herrn Azra'il haben ihr Werk verrichtet. Umso mehr überrascht es mich, als ich von der Brücke her sowohl die Stimme des Direktors als auch die des Kapitäns vernehme. Hastig nehme ich die Überreste des Gerätes vom Boden auf und begebe mich zur Brücke, zögerlich gefolgt von Landis, dem der Schrecken ins Gesicht geschrieben steht.

Der Kapitän befindet sich in der Position, in der wir ihn zuerst angetroffen haben, durchbohrt von Kabeln und zwischen Decke und Boden aufgehängt. Wider alle Vernunft scheint er noch zu leben, allerdings haben die feinsten der Fäden ihre Bewegungen auch noch nicht beendet, sondern graben sich immer noch tiefer in seinen Körper hinein. Direkt vor ihm steht Direktor Azra'il, den ich vor zehn Minuten durch die Schleuse habe gehen sehen. Aber etwas ist anders an ihm. Erst, als er sich zur Seite wendet, sehe ich, dass die Schusswunde am Arm fehlt. Also nur eine neue Projektion? Oder war das schon eine, als vor hundert Jahren der Kapitän auf seinen makabren Thron gehievt wurde, als sich die Szene, die vermutlich den krönenden Abschluss der Performance darstellt, live abgespielt hat?

„Sie haben verloren“, konstatiert das Wesen nüchtern, das wie Azra'il aussieht.

„Und du bist tot“, stößt der Kapitän zur Antwort hervor.

Azra'il legt überlegend den Kopf auf die Seite, als müsse er die Aussage erst auf ihren Wahrheitsgehalt überprüfen. „Vielleicht. Vielleicht auch nicht. Welchen Unterschied macht das? Alles, was ich war, ist nun in dem grandiosen Gedächtnis dieses Schiffes gespeichert. Wenn überhaupt, habe ich mich weiterentwickelt. Und jetzt stehe ich vor Ihnen. Ist das nicht alles, was zählt?"

„Und was ... bringt dir das? Du hast die Crew vernichtet. Du hast die Hälfte deiner Kreaturen verloren. Ohne die Mannschaft ... kannst du die „Cassandra" niemals beherrschen."

Das Hologramm lacht. Es trägt das gleiche überlegene Lächeln auf den Lippen wie sein verblichenes Original. „Sind Sie sich sicher, Kapitän?"

Plötzlich kommen Geister durch die Tür und stellen sich in Reih und Glied vor dem Kapitän auf. Auf mich wirken sie optisch nicht anders als noch vor zwanzig Minuten, aber ihre Haltung ist steif und robotisch, ihren Gesichtern fehlt der Ausdruck, das Leben. Allerdings sind es nicht die verkabelten Diener Azra'ils. Es sind die toten Vertrauten des Kapitäns, die Verlierer des Kampfes, die den Drähten und den invasiven Fäden zum Opfer gefallen sind. Nur die, die zu schnell gestorben sind, wie Chirnov, der Sicherheitsoffizier, fehlen. Und das bedeutet, dass es sich hier nicht um simple Projektionen handelt. Die hier, die sind etwas ganz anderes.

„Die „Cassandra" ist nur ein erster Schritt, Kapitän. Sie ist noch zwingend auf die menschliche Komponente angewiesen, daher ist sie schwach. Computer dagegen – nun, Computer sind stark. Schnell. Ausdauernd. Wenn sie nur nicht so furchtbar dumm wären. Jeder Erstklässler kann einen von ihnen übertölpeln, wenn die Spielregeln etwas komplexer werden und beispielsweise gestatten, zu lügen und zu betrügen, zu bluffen, Fallen zu stellen, Finten einzusetzen. Das können Menschen so viel besser."

Er beginnt, auf und ab zu schreiten wie ein Feldherr oder

wie ein Redner vor Publikum. Der Kapitän antwortet nicht mehr, es ist fraglich, ob er überhaupt noch bei Bewusstsein ist. Azra'il fährt ungerührt fort:

„Was liegt also näher, als beides zu vereinen, die Gerissenheit des einen mit der kühlen Effizienz des anderen? Leistungsfähigkeit mit Persönlichkeit, ein Schiff mit einem echten Schwarmbewusstsein? Es wäre unbesiegbar."

Er seufzt. „Aber ich fürchte, das wird nicht mehr geschehen. Sie haben mich gezwungen, meine Karten auszuspielen. Mein Experiment war, wie Sie sehen können, ein großartiger Erfolg. Aber kann ich so in die Heimat zurückkehren? Würden geringere Geister die Größe dessen, was sie in mir, in uns vor Augen geführt bekommen, auch erkennen und wertschätzen? Die Furcht, Kapitän, das ist der Fluch der kleinen Geister, die nichts verstehen, das größer ist als sie. Und was sie nicht verstehen, das zerstören sie. Nein. Ich denke, wir werden nicht zurückkehren. Wir werden uns vor den Menschen zurückziehen, denn wir sind keine mehr. Wir sind etwas Größeres geworden, etwas Besseres: Ein Teil des Organismus namens 'Cassandra', auch wenn der noch kaum mehr als ein Rohdiamant ist, der auf seinen letzten Schliff wartet."

Er schreitet die Reihe seiner körperlosen Crew ab. „Das sind zunächst mal weitgehend leere Hüllen, simple Hologramme. Das meiste von dem, was ihr Selbst ausmacht, steckt noch in ihren fleischlichen Überresten. Ganz tot sind die Originale nämlich nicht." Er kichert böse. „Ich werde ‚Cassandra' ihre Körper am Leben erhalten lassen, bis sie jede Spur Persönlichkeit aus ihnen herausgesaugt hat und der Transfer auf die Hologramme abgeschlossen ist. Und dann? Kapitän, was denken Sie, machen wir dann?"

Der Körper des Kapitäns schwebt jetzt still in der Luft, die schimmernde Version fast deckungsgleich mit der vertrockneten. Dann zuckt seine Hand, genau so, wie ich es an unserem zweiten Tag auf dem Schiff zum ersten Mal gesehen habe. Ein Hologramm entsteigt dem Körper, so wie alle diese Geister, die wir hier gesehen haben, Hologramme sind, perfekte Kopien der Menschen, die an Bord der „Cassandra" gedient haben und gestorben sind. Hologramme, die Gegenstände bewegen können, wenn es sein muss, die aber vor allem in ständigem Kontakt mit dem Zentralrechner der „Cassandra" stehen, als spezialisierte Prozessorkerne mit all der Intuition, all dem Einfallsreichtum eines echten Menschen, aber ohne dessen begrenzte Kapazität in der Verarbeitung von Daten. Ameisen in einem Staat, denke ich. Einzeln nicht lebensfähig, zusammen unschlagbar.

Der Kapitän steigt auf den Boden der Brücke hinab, zum ersten Mal vor hundert Jahren, seitdem täglich, vielleicht zur Unterhaltung und zum Amüsement seines Herrn. Er schaut Azra'il ins Gesicht.

„Verflucht seist du, Monster", flüstert er.

Azra'il behält für ein paar Sekunden sein maskenhaftes Lächeln auf dem Gesicht, dann zerfließt es und wird durch eine Grimasse des Zorns ersetzt. „So sei es, Kapitän, verflucht sind wir alle. Aber diese Worte, du törichter Narr, sollen die letzten sein, die du aus freiem Willen von dir gegeben hast. Du bist jetzt meine Kreatur, es gibt für dich keinen höheren Intellekt mehr, dem dein Körper zu Willen sein könnte. Ich werde mich zurückziehen und über die Zukunft meditieren.

Und weil deine Hybris nicht ungestraft bleiben darf, will ich dich deine Entscheidung erneut fällen, deinen Frevel wieder begehen lassen. Auch deine Niederlage soll sich wiederholen, und zwar jede Nacht aufs Neue, von jetzt bis ans Ende der Zeit. Wir werden ja sehen, was dabei herauskommt."

Die Projektionen erlöschen, die Geister verschwinden. Immer noch hört man aus den weiter entfernten Gängen, den Eingeweiden des Schiffes, vereinzelte Schüsse und Schreie aufklingen. Überlebende, Fliehende, vor Furcht halb Wahnsinnige, die versuchen, sich zu verstecken. Aber wie versteckt man sich im Inneren eines Schiffes, wenn das Schiff lebendig ist und seine Fühler überallhin ausstrecken kann? Es dauert noch ein paar Stunden, dann wird es still. Nach einer gefühlten Ewigkeit, während der wir uns nicht zu rühren wagen, so unheimlich kommt uns die Ruhe nun vor, schaltet der Hauptcomputer seine Peripheriegeräte in der Zentrale ab. Einmal mehr stehen wir am Ausgangspunkt unserer Reise an Bord der „Cassandra".

6.

Das Schiff ist wieder unterwegs, langsam und schwerfällig, auf seiner zum Scheitern verurteilten Flucht aus dem Asteroidenfeld. Wir haben uns besprochen, den letzten Rest unserer Vorräte verzehrt und einen Plan entwickelt. Um zu entscheiden, wie wir ihn umsetzen, ist allerdings ein letztes Experiment nötig. Ich habe das kleine Kästchen repariert, das ich in der Sicherheitszentrale gefunden habe. Landis hat derweil weitere Energiezellen geladen und eine der kleineren Konsolen, vor denen ein einzelner verkabelter Leichnam sitzt, von allen äußeren Zugängen abgenabelt und wieder in Betrieb genommen.

Es dauert nicht lange, da flackert es vor uns, und ein gespenstischer Schemen sitzt vor uns und schaut durch uns hindurch. Wir haben es vermutet: Die Holoprojektoren sind dezentral angeordnet: Es gibt praktisch überall welche, damit die Hologramme auch überall hingehen können. Aber die Informationen, die das einzelne Hologramm ausmachen, sind lokal gespeichert, und zwar dort, wo der Unglückliche verkabelt wurde. Wir haben einen der Geister der „Cassandra“ beschworen, ohne dass ihr Herr und Meister etwas davon mitbekommen hat.

„Wer bist du?“, frage ich die Gestalt.

„Triebwerkskontrolle, zweite Schicht“, murmelt der Mann.

„Das ist deine Funktion“, erkläre ich ihm sanft. „Aber wer bist du?“

„Triebwerkskontrolle, zweite Schicht."

So kommen wir offenbar nicht weiter. Ich beschließe, mich auf seine Sicht der Dinge einzulassen.

„Triebwerkskontrolleur, was ist deine Aufgabe?"

„Plasmafluxjustage, Stabilisationsmitteleinspritzung, Fehlerbehebung."

„Was ist die einfachste und am leichtesten zu reparierende Fehlerquelle am Hauptantrieb der „Cassandra"?"

Er zögert kurz, dann beschreibt er mir ein Bauteil, das eine Sollbruchstelle enthält, die bei hoher Überlastung das ganze System herunterfahren lässt. Ich lasse mir genau erklären, wie und wo man es finden kann. Dann fahre ich fort:

„Wie viele Einheiten gibt es, die deine Aufgabe übernehmen können?"

„Drei in der ersten Schicht, drei in der zweiten."

So weit so gut. Aber ich bin noch nicht zufrieden. Ich will versuchen, an die Persönlichkeit dieses Mannes heranzukommen.

„Welche Schicht beinhaltet die besseren Triebwerkskontrolleure?", frage ich ihn. Er zögert erneut.

„Die zweite Schicht."

„Weshalb?"

„Wir sind härter. Wir sind wach, wenn die anderen schlafen. Wir können uns von keinem helfen lassen. Wenn das Triebwerk in der zweiten Schicht durchgeht, gibt es nichts zwischen uns und der Vernichtung des Schiffs."

Ich registriere erfreut das „Wir". So weit ist das von einem „Ich" nicht mehr entfernt.

„Wer in der zweiten Schicht ist am besten?"

Er starrt geradeaus. Auf seiner holographischen Stirn bildet sich Schweiß, seine Kiefer mahlen.

„Das ist … Von den dreien ist es …“ Er verstummt.

„Weißt du es nicht?“

„Ich wusste es. Ich weiß es noch. Aber ich …“

Ich lasse ihm Zeit. Er sucht mühsam, mit offenem Mund, nach Worten.

„Ich … weiß ihre Namen nicht mehr.“ Er dreht den Kopf, sieht mir in die Augen. „Weshalb weiß ich ihre Namen nicht mehr?“.

Ich möchte ihm die Hand auf die Schulter legen, besinne mich aber. Ich weiß nicht, wie stabil er wirklich ist, und zwar in mehr als nur einem Sinne.

„Ich weiß es nicht. Es tut mir leid.“ Dann aktiviere ich das kleine Kästchen. Es ist ein Störsender, und der Erfolg ist durchschlagend: Das Hologramm verzerrt sich, dann kollabiert es. Landis bestätigt mir, dass die zugrundeliegenden Dateien nicht beschädigt sind. Nur die Projektion ist unterbrochen worden. Mein Buchhalter und ich sehen uns an, umarmen uns fast schon feierlich. Ich glaube, wir haben gerade den Weg nach Hause gefunden.

Wir bauen den Datenspeicher aus und tun das noch bei vier weiteren Konsolen. Hätten wir mehr Zeit, wäre das der sicherste Weg, uns vor dem Zugriff des Schiffes zu schützen, denn wir haben vor, es zu sabotieren. Es soll kein weiteres Mal kehrtmachen können, wenn seine Geister das nächste Mal erwachen. Aber bis dahin bleibt nicht die Zeit, all die Hologramme abzuschalten, obwohl uns dabei wohler wäre. Gewiss werden sie versuchen, den Antrieb der Cassandra wieder in Betrieb zu nehmen.. Es wäre wohl leichter, großflächige Zerstörungen anzurichten, die Geister der ‚Cassandra' gewissermaßen mitsamt ihrer Gräber zu zerstören, aber mehrere Gründe sprechen dagegen. Wir wissen nicht, ob wir dabei nicht lebenswichtige Systeme mit beschädigen würden. Wir bringen es zudem nicht über uns, die Hologramme zu vernichten, deren genauer Zustand uns immer noch Rätsel aufgibt. Und schließlich wollen wir es so lange wie möglich vermeiden, die Aufmerksamkeit eines ganz bestimmten Hologramms auf uns zu ziehen, vor dem sowohl Landis als auch ich eine tiefe Furcht empfinden. Wenn der Herr dieses Totenschiffes erwacht und seine Fühler aus den Wänden nach uns ausstreckt, dann kann es keine Hoffnung mehr geben.

Kurz vor der nächsten Show ziehen wir uns in den Maschinenraum zurück. Ich entdecke das Bauteil, das uns der Geist des Triebwerkskontrolleurs beschrieben hat. Kaum, dass ich es entfernt habe, bricht der Plasmastrom im Reaktor zusammen und die Triebwerke werden nicht mehr versorgt. Das Schiff steht still, nur die Manövrierdüsen funktionieren noch. Ein Notstromgenerator springt an, der Maschinenraum wird automatisch in das übliche, düsterrote Licht getaucht. Jetzt heißt es warten und die nächsten zehn Stunden heil überstehen.

Das erste Hologramm taucht nach kaum zwanzig Minuten auf. Es ist eine Frau, und sie erscheint einfach, keine drei Meter entfernt von uns. Ich aktiviere den Sender, und das Hologramm verschwindet. Das klappt noch zwei Mal, dann gibt es eine Pause. Als nächstes kommen gleich drei von ihnen, vermutlich die gesamte erste Schicht. Sie verteilen sich, aber das hilft nicht viel, schließlich müssen sie alle an diese eine Stelle, um das Ersatzteil einzusetzen. Einer nach dem anderen verschwindet wieder.

Eine Stunde verstreicht, in der mir immer mulmiger wird. Wir stellen inzwischen wahrscheinlich ein ernsthaftes Problem dar, über das der Hauptcomputer sich den Kopf zerbricht. Wir können nur hoffen, dass er Anweisung hat, sich um solche Dinge alleine zu kümmern, ohne seinen Herrn aufzuwecken. Aber auch so stehen ihm die Hologramme der Besatzung zur Verfügung, und nicht alle davon sind nur Techniker. In der Tat fährt mir fast das Herz aus dem Hals, als eine andere Frau gleich hinter uns erscheint mit einem Messgerät in der Hand. Offenbar halten unsere Schirmfelder die Hologramme überhaupt nicht auf. Ich aktiviere den Sender, und der Spuk ist vorbei, aber ich erkenne einen strategischen Fehler in unserem Plan. Wir können den Sender nicht zehn Stunden lang laufen lassen, er verbraucht zu viel Strom. Aber die Hologramme können mitten zwischen uns erscheinen, und wenn sie erst einmal herausgefunden haben, dass da ein Hindernis in ihrem Maschinenraum sitzt, werden sie Mittel und Wege finden, es zu beseitigen. Wer einen Knopf drücken kann, kann auch eine Waffe halten.

Mehrere Hologramme erscheinen nun in sicherer Entfernung. Jede Wette, das sind Vermessungstechniker. Ich vertreibe sie mit dem Sender, aber es ist gefährlich, denn ich muss auf sie zulaufen und dadurch verliere ich den Überblick über das, was in meinem Rücken geschieht. Eine Stunde später haben die Hologramme eine ständige Präsenz etabliert, und ich bin mir sicher, dass sie uns jetzt wahrnehmen können.

Irgendwie scheinen wir aber immer noch das Glück zu haben, dass diese Überreste menschlicher Wesen schon so lange nichts mehr tun mussten und nichts mehr erfahren haben, was außerhalb ihrer täglichen Routine liegt, dass sie nicht recht wissen, was sie mit uns anzustellen haben. Zudem läuft im Rest des Schiffes wahrscheinlich immer noch das übliche Schauspiel von Verrat, Kampf und Versklavung ab.

Der erste echte Angriff erfolgt drei Stunden nach dem Beginn der holographischen Aktivitäten. Ein junger Mann materialisiert gleich vor uns, schaut erst durch uns hindurch, macht dann einen unsicheren Schritt auf uns zu. Ich bin gerade im Begriff, die Batterie des Störsenders zu wechseln. Zwei von fünf sind schon leer. Die dritte ist gerade eingesetzt, da springt der junge Mann nach vorn, wirft sich uns entgegen, offenbar ohne rechte Vorstellung, wie man uns am besten angeht. Aber es wirkt, denn wir müssen feststellen, dass die Hologramme nicht nur Knöpfe drücken, sondern auch Masseeffekte an den Tag legen können. Er bringt mich zu Fall und der Störsender schlittert über den Gitterboden. Der Angreifer tastet über meine Arme und versucht, mich in einen Schwitzkasten zu nehmen. Landis ist mit dem Kopf gegen die Wand geknallt und liegt benommen neben mir. Verzweifelt versuche ich, mich zu befreien, krieche mit dem zusätzlichen Gewicht auf dem Rücken vorwärts. Die Nähe des schimmernden Etwas, das Masse aber keinerlei Textur aufweist, erzeugt in mir einen Brechreiz, und mir stehen alle Haare zu Berge. Da flimmert vor mir erneut die Luft, und die Frau, die uns als erste besucht hat, erscheint wieder. Sie bückt sich und nimmt mit argwöhnisch verzogenem Gesicht den Störsender auf.

Alles aus, denke ich.

Aber dann drückt sie versehentlich den Knopf und verschwindet sofort, gemeinsam mit dem Kerl auf meinem Rücken. Ich nehme den Sender hastig wieder an mich, und der Tanz geht weiter. Wir schlagen uns bis zur vierten Stunde durch, dann taucht der erste Bewaffnete auf. Er ist nicht aus dem Nichts materialisiert wie die Hologramme vor ihm. Das geht auch gar nicht, denn seine Waffe ist kein Hologramm, sondern stofflich. Es kann auf dem Schiff nicht mehr viele davon geben, die funktionieren und auch geladen sind, aber er hat eine, so viel steht fest, und er kann sie bedienen. Die ersten Blasterschüsse treiben uns aus der Deckung, zurück ins hintere Drittel des Maschinenraums. Er kann nicht allzu wild herumfeuern hier drin, die meisten Teile hier sind sehr empfindlich. Aber das braucht er auch gar nicht, denn durch eine Lücke in den Aggregaten erkenne ich, dass er uns nur auf einen seiner Kameraden zutreibt, der auf uns wartet, um uns in den Rücken zu fallen. Mit ihren blau glühenden Körpern sind Hologramme nicht ganz so gut im Versteck spielen.

Ich überrasche den zweiten, indem ich mich umdrehe und mich auf ihn werfe, bevor er abdrücken kann. Der Sender macht kurzen Prozess mit ihm, und nun habe ich eine Waffe. Ob es nur ein alter, sinnloser Reflex ist, als der erste vor meinen Schüssen in Deckung geht, oder ob ich ein Hologramm tatsächlich verletzen kann, das weiß ich nicht. Aber zusammen mit Landis gelingt es mir, ihn durch Dauerfeuer unten zu halten, bis wir mit dem Sender nahe genug herangekommen sind. Er verschwindet, die zweite Waffe bleibt auch hier. Ich kann nur noch keuchen, so sehr bin ich außer Atem. Die Meute aus Hologrammen, die uns aus der Entfernung beobachtet, tut ihr übriges. Ich kann mir nicht vorstellen, dass wir das noch lange durchhalten. Irgendwann gehen mir die Nerven durch und ich ballere einen Schuss mitten in die blaue Menge. Ein Hologramm flackert und löst sich auf.

Wir schauen uns an und grinsen. Man kann sie überladen! Unsere Chancen sind wieder gestiegen. Eine weitere Stunde halten wir sie uns vom Hals, aber damit haben wir erst die Hälfte der Zeit hinter uns gebracht. Das können wir nie und nimmer schaffen, also geht es jetzt nur noch darum, Zeit zu schinden. Wir stehen Rücken an Rücken, wir werden immer bessere Schützen, und unter anderen Umständen könnte das hier richtig Spaß machen. Aber inzwischen sind die unheimlichen Cyborgs aus der Sicherheitszentrale aufgetaucht, und die haben ihren ganz eigenen Stil. Sie setzen auf Nahkampf, schließlich können sie von einem Moment zum nächsten gleich vor uns stehen. Und sie bringen scharfe Klingenwaffen in Hologrammform mit sich, aber ich bin sicher, die sind um nichts weniger tödlich als ihre materiellen Pendants, wenn sie uns damit erwischen. Einer unserer Blaster ist leergeschossen, und ich bin bei der vorletzten Batterie des Senders. Sie greifen jetzt in großen Haufen an, pausenlos, was den Blaster fast nutzlos werden lässt. Ich nehme den Finger kaum noch vom Knopf des Störsenders, dessen Energiereserven sich rapide leeren.

Als die Angriffe einmal kurz ins Stocken geraten, entferne ich in fliegender Hast die Batterie, obwohl sie noch zehn Prozent Leistung angezeigt hat. Ich fürchte einfach, ich werde sonst keine Gelegenheit mehr bekommen, die letzte Batterie einzulegen. Landis muss in diesen gefährlichen Sekunden andauernd schießen, bis der Lauf der Waffe glüht und ihr Energiepack mit einem Knacken durchbrennt. Die letzte Batterie ist keine Sekunde lang im Sender drin, da bewahrheitet sich meine schlimmste Befürchtung: Einer der Nahkämpfer kommt von oben, lässt sich einfach auf uns drauffallen. Vor einer Stunde wäre das noch tödlich gewesen, aber jetzt lasse ich den Sender einfach dauerhaft eingeschaltet, was uns höchsten noch vierzig Minuten Zeit gibt. Unaufhörlich vergehen die Hologramme an der Einflussgrenze des Senders, nur um gleich wieder neu zu entstehen, aber nach einer halben Stunde beginnt der Radius immer kleiner zu werden. Als es noch zwei Meter sind, stehen die Hologramme mit einem Mal völlig still. Einer von ihnen tritt vor, streckt die Hand aus und verlischt. Die anderen schauen uns unbewegt an, einige lächeln finster. Alle zwei Minuten testet einer, wie weit der Störsender noch reicht, die anderen treten lediglich etwas weiter vor. Ich kann sie ärgern, in dem ich einen Ausfallschritt mache, aber das ist gefährlich, weil so Landis aus der Wirkungssphäre geraten könnte. Außerdem bin ich unendlich müde und habe nicht mehr die Kraft für solche Spielchen.

Landis hat die letzte halbe Stunde versucht, die fast leere Batterie, die ich vorhin aus dem Sender genommen habe, mit dem Blaster kurzzuschließen. Tatsächlich beginnt die Waffe schließlich zu summen und das Abstrahlfeld knistert. Aber wozu soll es gut sein? Ich bemerke, wie Landis die Wände und die Decke beobachtet und dann die Augen schließt. Ich weiß nicht, wie er das fertigbringt, denn ich finde die in absoluter Stille dastehende blaue Meute extrem bedrohlich. Sie sind inzwischen fast auf Armeslänge herangekommen, und ich kann den Blick nicht von ihnen lassen. Ich kann auch nicht aufhören, mir auszumalen, was sie mit uns tun werden, wenn sie uns doch noch erwischen. Wir halten sie nun schon seit beinahe sieben Stunden hin, sie müssen ziemlich wütend sein, wenn ihnen diese Emotion geblieben ist.

Als wieder ein Hologramm vergeht, näher als je zuvor, und wieder erscheint, lächelt Landis zufrieden. Auch ich habe da ein Geräusch gehört, irgendwo schräg voraus. Mein alter Buchhalter, den ich mir inzwischen kaum noch vor einem Bildschirm voller Datenkolonnen vorstellen kann, zielt, dann schießt er auf eine unscheinbare Stelle der Wandtäfelung. Sofort verschwindet ein Drittel der Hologramme. Landis hat einen der Projektoren erwischt. Es gelingt ihm noch, zwei weitere zu zerschießen, dann gibt die Waffe endgültig den Geist auf. Aber er hat eine tote Zone geschaffen, in der keine Hologramme mehr erschaffen werden können. Vielleicht hätten wir mit der Methode die ganzen zehn Stunden überstehen können, aber wir sind völlig erledigt. Wir nutzen die Verschnaufpause, um uns zurückzuziehen. Wir hoffen, dass die Hologramme sich vor allem um den Schaden am Triebwerk kümmern werden, sobald der Weg frei ist, statt uns zu jagen, bis sie uns zur Strecke gebracht haben. Die Strategie geht teilweise auf. Nur wenige von ihnen kommen uns nach, und wir können sie abschütteln. In die Kapitänskajüte folgen sie uns nicht. Wir versuchen zwar, den Rest dieser gefährlichen Zeit wach zu bleiben, aber wir schlafen doch ein. Als wir erwachen, ist einmal mehr alles still.

7.

Der nächste Tag beginnt mit der freudigen Feststellung, dass es der Crew der Cassandra nur gelungen ist, ein Drittel der Strecke, die die Notautomatik tagsüber geschafft hat, wieder zurückzufliegen. Wir sind fast in Reichweite der äußersten Wachstationen von Salafir II. Wieder nimmt die Automatik ihre Arbeit auf, und wir die unsere. Todmüde befreien wir einen Datenspeicher nach dem anderen, in jedem die vollständigen Daten, die eine ehemals lebendige Person ausgemacht haben. Wir gehen systematisch vor und beginnen mit der Sicherheitsmannschaft, dann den Technikern, den Piloten und dann dem ganzen Rest. Ich bastele mir eine Stange mit einem Seilzug, an deren Spitze ich den Störsender anbringe. Ich kann ihn nun weit vor mich halten und mit dem Seilzug aktivieren. Damit habe ich eine Art Störsense mit hoher Reichweite gegen allzu tollkühne Hologramme entwickelt. Parallel laden wir mehrere große Energiespeicher auf. Dieses Mal wird es uns an nichts mangeln.

Als die Zeit gekommen ist, ist alles viel einfacher, als gedacht. Die verbliebenen Hologramme haben gar nicht die Kenntnisse, um den Reaktor wieder flott zu machen, daher müssen wir auch nicht im Maschinenraum ausharren. In aller Seelenruhe nehmen wir die letzten Konsolen auseinander, während die in ihnen gespeicherten Personen vergeblich versuchen, uns daran zu hindern. Drei Stunden vor Ablauf der schiffsinternen Geisterstunde ist das Werk vollbracht: Alle Speicher sind ausgebaut und liegen in einem großen Haufen vor uns. Wir reichen uns die Hände, lachen befreit auf. In dem Moment ertönt eine Stimme, fragend, unsicher.

„Wer sind Sie? Und was machen Sie an Bord meines Schiffes?“

Der Kapitän steht hinter uns. Der Störsender liegt abgeschaltet ein paar Meter entfernt, aber irgendwie habe ich nicht das Gefühl, dass wir in Gefahr sind. Mir wird klar, dass der Kapitän, zur Wiederholung jener schicksalhaften Nacht verdammt, diesmal nicht von den verkabelten Häschern Azra'ils verschleppt wurde. Die sind schließlich alle in den ausgebauten Speichern gefangen. Er steht etwas ratlos da und kann mit seiner neugewonnenen Freiheit scheinbar wenig anfangen.

Ich stelle mich und meinen Buchhalter nach allen Regeln der Höflichkeit vor. „Wir sind Gäste“, füge ich hinzu.

Er schaut mich fragend an. „Ich kann mich nicht erinnern ... Gäste gehabt zu haben. Aber er ist auch ... es ist so unglaublich lange her, dass ...“

Er verliert wieder den Faden, sieht sich um, dann saugt sich sein Blick an meinen Augen fest. Ein Anflug von Schmerz oder Trauer huscht über seine Züge.

„Sagen Sie es mir ... Ich bin ... Ich bin tot, nicht wahr?“

Ich kann nur nicken. Tränen sammeln sich in meinen Augen und laufen dann meine Wangen herab, als sei ein Damm gebrochen, der nun alle Anspannung abfließen lässt.

„Wie lange ...?“

„Das wissen wir nicht genau. Aber mindestens hundert Jahre.“

Er nickt, wie vor den Kopf geschlagen. Dann fällt ihm etwas anderes ein und sein Gesicht verfinstert sich. „Azra'il", knurrt er mit vor Hass erstickter Stimme.

Wenig später stehen wir auf der Brücke, direkt vor dem durchbohrten und aufgehängten Leichnam. Der Kapitän betrachtet wie vom Donner gerührt seinen eigenen, vertrockneten Körper. „Azra'il!", zischt er wieder.

Diesmal traue ich mich, ihm die Hand auf die Schulter zu legen. Es fühlt sich fast normal an, nur dass ich dabei kein Temperaturempfinden habe, so als hätte ich ein Stück fest gewordene Luft berührt. Aber wahrscheinlich habe ich das auch.

„Kapitän?", frage ich. „Ich kann mir vorstellen, dass Sie andere Prioritäten haben als wir. Aber ich möchte Sie trotzdem um Ihre Hilfe ersuchen. Wir sind aus einer Notlage an Bord Ihres Schiffes gekommen, einer Notlage, die eben Ihr Schiff verursacht hat, wenn auch nicht unter Ihrem Kommando. Aber wenn ich nicht irre, sind Sie jetzt, in diesem Augenblick, immer noch der Kapitän der ‚Cassandra', oder nicht?"

Er sieht halb durch mich hindurch, gerade so, als wäre ich das Hologramm und nicht er.

„Ja", sagt er dann. „Ja, das bin ich. Wie kann ich ... helfen?"

„Erzählen Sie uns, was wir noch nicht wissen. Wer ist Direktor Azra'il?"

Der Kapitän spuckt etwas Unsichtbares aus. „Ein Verbrecher. Einer, der an Menschen herumexperimentiert. Wir kannten durchaus die Gerüchte über ihn, als wir ihn befehlsgemäß an Bord nahmen. Aber er hatte alle Papiere, unterzeichnet von den höchsten Stellen. Ich nehme an, wenn ein großer Erfolg in Aussicht steht, wird die Moral allenthalben als ein störendes Hindernis angesehen, das es zu beseitigen gilt. Ein paar seiner Versuchskaninchen brachte er schon mit, den Rest gewann er unter der Mannschaft gegen Versprechungen von Reichtum und Beförderungen. Bald war das halbe Schiff durchsetzt von seinen Kreaturen, was wir viel zu spät erkannten. Und dass diese das Schiff selbst infizierten mit seinen rekursiven Technosporen, das fanden wir erst heraus, als es viel zu spät war."

„Sporen? Diese Fäden, die wir in den meisten Leichen gefunden haben?"

Er nickt. „Es ist ein quasi-organisches Mycel. Es hat das gesamte Schiff infiziert, und es kann je nach Programm für die verschiedensten Zwecke genutzt werden. Aber soweit ich das sagen kann, dienen die meisten nur zur Unterdrückung."

„Aber wo sind die Sporen jetzt? Und wo ist Azra'il?"

„Die Sporen ruhen, und Azra'il meditiert. Er lässt sich nur ganz selten wecken, meist dann, wenn es Schiffe von außerhalb zu vernichten gibt. Und nur dann lockert er unsere Leinen ein wenig, nicht so viel, dass wir Einfluss nehmen könnten, aber gerade genug, dass wir zu erkennen vermögen, wie furchtbar die Dinge sind, die wir auf sein Geheiß hin tun."

„Also weiß er noch von nichts?"

„Azra'il ist selbst nur ein Hologramm, eine Sicherheitskopie. Aber er kontrolliert das Mycel. Sollte er erwachen, wird sich Ihre Überlebensdauer in Minuten messen. Wenn Sie Glück haben."

Der Kapitän besieht sich die Sternenkarte der Notautomatik. „Ich verstehe", sagt er. „Sie haben es fast geschafft, das war gute Arbeit. Aber sobald wir wirklich in Reichweite des Planeten kommen, erwacht auch Azra'il. Und dann ist alles aus."

Er sieht uns an und entdeckt den Störsender in meiner Hand. „Daran erinnere ich mich", murmelt er spröde. Er denkt angestrengt nach, bevor er wieder spricht. „Ich habe da einen Vorschlag, der uns alle zufriedenstellen wird. Gebt mir den Sender. Ich werde ihn gut zu nutzen wissen. Im Gegenzug bringe ich euch zu einer unserer Rettungskapseln und schieße euch geradewegs in Richtung dieses blauen Planeten da draußen."

Ich bin nicht sicher, ob wir seinen Vorschlag annehmen sollen. Vor ein paar Stunden haben wir noch gegen Hologramme gekämpft, und jetzt sollen wir einem von ihnen unsere effektivste Waffe aushändigen? Aber ich bin müde. Zu müde, um dem Mann zu misstrauen, Hologramm hin oder her. Wir willigen ein. Ich biete ihm halbherzig an, auch ihn zu befreien, seinen Datenspeicher zu suchen, auszubauen und mit uns zu nehmen. Aber ich weiß schon, dass er ablehnen wird. Er erklärt, er habe noch eine Rechnung zu begleichen, und das gehe nur an Bord dieses Schiffes, seines Schiffes, das er außerdem nicht als Vorletzter zu verlassen gedenke. Und davon abgesehen sei es sehr wahrscheinlich, dass seine Persönlichkeit im Hauptcomputer selbst gespeichert sei, und daran sei kein Herankommen.

Er zeigt uns den Weg zu den Kapseln. Ich frage mich, wie wir eigentlich sicher sein können, damit auch dem Einfluss von Azra'il zu entkommen. Aber er versichert uns, die Sporen seien nie in die Kapseln eingedrungen. Wozu auch?

Es geht jetzt alles so schnell, dass mein Gehirn laufend Alarm schreit, weil es da einfach ein dickes Ende geben muss, das noch nachkommt. Aber wir schießen ins All hinaus, sehen die „Cassandra" hinter uns zurückbleiben. Dann, mit einem Mal, erwachen die Triebwerke des eleganten Schiffes, und es kommt längsseits. Ich muss gestehen, ich war noch nie so dicht dran, mir in die Hose zu machen, wie in diesem Moment. Aber hinter den Sichtluken der Brücke sehen wir das blaue Leuchten, das uns inzwischen fast schon vertraut erscheint. Wir winken zum Abschied; es hat etwas Surreales. Dann dreht die „Cassandra" ab, fährt einen weiten Bogen entlang der Außengrenzen des Asteroidenfeldes. Und dann gibt es einen mächtigen Blitz, als die Grenzen des vierdimensionalen Raums eingerissen werden und die „Cassandra" einen Überlichtsprung einleitet. Nichts als Leere bleibt zurück. Das Geisterschiff ist verschwunden.

8.

An Bord der Cassandra flackern alle Monitore auf, als der Reaktor auf volle Last geschaltet und alle Schiffssysteme aus ihrem teils hundert Jahre währenden Dornröschenschlaf gerissen werden. Ein Projektor in der Decke summt. Im nächsten Augenblick steht das Hologramm von Direktor Azra'il mitten auf der Brücke, vor Zorn dampfend, wie ein sehr kleiner Racheengel.

„Wer zur Hölle stört mich?", schreit er wutentbrannt. Er sieht sich um und scheint überrascht, den Kapitän neben sich zu sehen – und ebenso über sich, in seiner materiellen, vertrockneten Version. Affektiert schlägt er die herabhängende linke Hand der Mumie beiseite.

„Das wäre wohl ich", erwidert der Kapitän ruhig. „Oder, je nachdem, wie man es betrachtet, ist es ein Stern der Klasse G, auf den wir gerade Kurs nehmen."

Das abschätzige Lächeln erscheint wieder auf Azra'ils Gesicht, aber es wirkt nicht mehr ganz so selbstsicher wie zuvor. „Steuermann, abdrehen", befiehlt er.

Aber nichts geschieht.

„Technisches Team, Nothalt einleiten! Technisches Team? Schicht zwei?"

Keine Antwort.

„Es ist niemand mehr hier, nur du und ich."

„Und der Computer", grinst Azra'il bösartig. Aber dann

verzerrt sich seine Miene. „Was hast du getan, du Sohn einer Hündin?“

„Mit dem Computer? Gar nichts. Aber ich habe die Hauptleitung der Steuerung blockiert. Das ist leicht zu reparieren, wenn man Hände hat. Die hat der Computer aber nicht. Und man muss wissen, was man tut. Und, nimm es nicht persönlich, aber das hast du noch nie gewusst, dir helfen also deine Hände nichts. Zeit zu sterben, Azra'il.“ Durch die frontale Sichtscheibe sieht man den Stern des Systems blendend hell, und er wird immer größer.

Azra'il sieht den Kapitän hasserfüllt an, während er den Geist des Hologramms nach der Information durchsucht, die ihn und sein Schiff retten soll. „Mitkommen“, zischt der kleine Mann, dem jeder Humor abhandengekommen ist, schließlich. Gleich darauf stehen sie beide vor der sabotierten Steuerungsleitung. „Ich habe immer noch dich, du Idiot. Und damit habe ich Hände und Ahnung von der Materie. Du hast die anderen befreit? Sei's drum, ich werde dich all ihre Arbeit tun lassen. Du sollst den Tag noch verfluchen, an dem du dich mit Azra'il angelegt hast. Und jetzt repariere diese Leitung!“ Seine Stimme überschlägt sich, aber der Kapitän rührt sich nicht. Die mentale Anstrengung steht ihm überdeutlich ins Gesicht geschrieben, aber dieses eine Mal widersteht er. Langsam, ruckartig, streckt er die rechte Hand aus und ergreift einen kleinen, rechteckigen Gegenstand, den er eine halbe Stunde zuvor auf einem Sims über der unterbrochenen Leitung deponiert hat. „Ich ... denke nicht daran!“, keucht er, dann betätigt er den Störsender und lässt die Taste einrasten. Sofort flackern beide Hologramme auf und erlöschen, während der Sender aktiviert zurückbleibt.

Sie kommen auf der Brücke wieder heraus, wo der Stern inzwischen das Sichtfeld über alle Fenster hinweg bedeckt. Azra'il schreit auf, transportiert sich und den Kapitän erneut zu der defekten Leitung, wird aber gleich wieder zurückgeschickt, da der Sender noch immer dort liegt und funkt. In seiner Panik fällt es ihm nicht ein, nach anderen Wegen zu suchen, den Kurs der ‚Cassandra' abzulenken. Wieder und wieder projiziert er sich und den Kapitän mitten in den Strahlungsbereich des Störsenders hinein, wie eine Fliege, die nicht begreift, dass ihr ein Fenster im Weg ist. Als es ihm schließlich doch noch klar wird, ist es zu spät.

„Eintritt ins Gravitationsfeld eines Klasse G-Sterns", verkündet die sanfte Stimme des Hauptcomputers. „Zerstörung des Schiffes steht unmittelbar bevor. Evakuierung des Personals wird empfohlen."

Aber wohin sollen Hologramme schon gehen?

„Nein", flüstert Azra'il. „Das nicht, nicht mir, nicht …"

Die Hülle der „Cassandra", des schönsten und modernsten Schiffes, seit der Mensch das All erobert hatte, hält Strahlungsdruck und Hitze nicht mehr stand. Sie beult sich ein, wird durchstoßen, und gleich darauf erfasst eine gewaltige Protuberanz das, was von der „Cassandra" übrig ist, und verdampft sie.

9.

Wir haben eine Menge Gräber angelegt. Die meisten sind leer, wir gedenken der Mannschaft meines Frachters, von der niemand überlebt hat.

Neben ihnen ruhen in dreiundzwanzig kleinen Marmorsäulen ebenso viele Datenträger, komplett mit einem einfachen Computer und einer Energieversorgung. Die Personen, die in ihnen ruhen, werden in regelmäßigen Abständen elektronisch angetippt, ohne dass sie aber zur Aktivität gezwungen würden, wie es jeden Tag der letzten hundert Jahre in ihrem höllischen Gefängnis der Fall gewesen ist. Aber wenn sie aufwachen wollen, dann können sie es.

Sie können sich entscheiden, mit mir Kontakt aufzunehmen und mir eine Nachricht zukommen zu lassen. Sie können auch eine Datei öffnen, die ich entworfen habe und die ihnen genau erklärt, was ihnen widerfahren ist, wo sie sich jetzt befinden und in welcher Gestalt. Ich halte es für das mindeste Recht eines jeden von uns, dem ein schlimmes Schicksal zuteil wurde, über dieses aufgeklärt zu werden. Und dann kann das Hologramm, wenn es möchte, eine Entscheidung treffen. Im Gegensatz zu seinem früheren Kerker hat es hier nämlich die Kontrolle über jede Komponente seines elektronischen Körpers. Und das schließt den „Aus"-Knopf mit ein.

Seitdem sind Monate vergangen. Ich komme häufiger her, um nach dem Rechten zu sehen. Ich habe drei geisterhafte Freunde gewonnen, die ihrer Existenz als Hologramm außerhalb der „Cassandra“ eine Chance geben wollen. Viele andere weigern sich, überhaupt erst wieder zu erwachen. Und die Zahl der Kontrolllämpchen, die von grün auf rot gesprungen sind, nimmt bei jedem meiner Besuche zu.

Wie ich mir die Errichtung des Mausoleums leisten konnte?

Für einen Moment, als man uns rettete, habe ich in der Tat einer verpassten Chance nachgetrauert und Landis vorgejammert, dass uns das modernste Schiff der ganzen Galaxis durch die Lappen gegangen sei. Als hätten wir dort nicht die letzten fünf Tage um unser Leben gekämpft, habe ich mir ausgemalt, welchen Wert das Schiff gehabt hätte, wäre es uns nur gelungen, es als Beute mitzubringen. Das muss ein Mechanismus zur Verarbeitung des Erlebten gewesen sein, denn nichts hätte mir ferner gelegen, länger als unbedingt nötig an Bord dieses verfluchten Schiffes zu verweilen.

Der gute Landis hat nur gelächelt und dann ernst verkündet, dass der Frachterkapitän ganz recht gehabt habe. Die „Cassandra“ war das eine Schiff, das nie hätte gebaut werden dürfen. Als habe es Prometheus gereut, das Feuer der Götter zu stehlen, mit dem die Menschen unweigerlich ihre Welt in Brand gesteckt hatten, ist die „Cassandra“ nun wieder Sternenstaub, wie es sich gehört.

Wie er mich so geknickt gesehen hat, als wir von der Bergungsfähre aufgenommen worden sind, da hat er ganz unvermittelt einen Paragraphen des Bergungsrechts wiedergegeben, den er auswendig kennt. Es geht dabei um Rettungskapseln und die Frage, wem diese gehören, wenn das Schiff verloren gegangen ist. Eine ganz bestimmte Kapsel ist mir in den Sinn gekommen, und ich musste lachen.

Die schönste und modernste Rettungskapsel des Universums, vollgestopft mit einer Technologie, deren Niveau nach dem Verschwinden der „Cassandra“ nie wieder erreicht worden ist. Sie gehört von Rechts wegen uns. Und das Böse hat sie nie berührt.

Alles in allem, alle Höhen und alle Tiefen mit einberechnet, ist das Leben gut.

Inhaltsverzeichnis

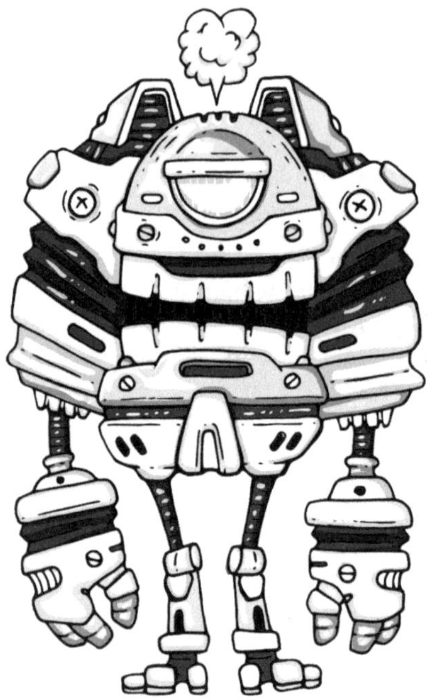